올드걸의 시집

올드걸의 시집

상처받고 응시하고 꿈꾸는 존재에게

초판 1쇄 발행 2020년 6월 5일
초판 3쇄 발행 2022년 1월 10일

지은이　　은유
펴낸이　　이영선
책임편집　이현정

편집　　이일규 김선정 김문정 김종훈 이민재 김영아 김연수 이현정 차소영
디자인　　김회량 이보아
독자본부　김일신 정혜영 김민수 박정래 손미경 김동욱

펴낸곳 서해문집 | 출판등록 1989년 3월 16일 (제406-2005-000047호)
주소 경기도 파주시 광인사길 217 (파주출판도시)
전화 (031)955-7470 | 팩스 (031)955-7469
홈페이지 www.booksea.co.kr | 이메일 shmj21@hanmail.net

ⓒ 은유, 2020
ISBN 978-89-7483-030-4 03810

이 도서의 국립중앙도서관 출판예정도서목록(CIP)은 서지정보유통지원시스템 홈페이지(http://seoji.nl.go.kr)와 국가자료공동목록시스템(http://www.nl.go.kr/kolisnet)에서 이용하실 수 있습니다.(CIP제어번호: CIP2020019423)

올드걸의 시집

은유

상처받고 응시하고 꿈꾸는 존재에게

서해문집

두 번째 서문

언어는 우리의 실패를 담아내는 지도다.
_ 에이드리엔 리치의 시 〈아이들 대신 책을 태우다〉

올해 나의 첫 독서는 《울프 일기》였다. 버지니아 울프가 서른여섯 살부터 쉰아홉 살까지 쓴 일기를 연도별로 정리한 책이다. 나는 목차에서 '50세'를 찾아 그곳부터 펼쳤다. 내 나이 즈음 울프는 어떤 경험과 생각을 했는지 궁금했다. "글을 쓴다는 것이 점점 어려워진다" "더 이상 고칠 수 없을 때까지 고친다" "이번 책은 내가 내 안에 가지고 있다고 상상하지도 못했던 사실들을 쏟아 내고 있다" 같은 구절들이 눈에 박혔다. 쓰는 자의 근심, 집념, 희열 같은 감정이 잔파도처럼 일렁였다. 대작가도 말 그대로 일희일비했구나 싶으니 숙연해졌다.

사는 게 만만해지는 날이 오지 않듯이 쓰는 게 담담해지는 날도 아마 오지 않을 것이다. 그래도 내심 기대했다. 글 써서 생활한 지 십수 년이 지났고 단행본을 몇 권 냈으면 점차적으로 쓰는 일에 의연해지지 않을까. 그렇지 않았다. 그건 글쓰기가 '기준의 문제'이기 때문인 것 같다. 독자가 늘었고 시간이 경과하면 글이 나아져야 한다는 내적 압력은 커진다. 기대치는 높아지는데 실력은 더디게 쌓이니 도통 만족스럽지 않은 것이다. 막막할 때면 미래가 아닌 과거를 더듬는다. 예전엔 내가 글을 어떻게 썼더라, 하고.

그 시작에는 《올드걸의 시집》이 있다. 지금부터 12년 전이다. 2008년 11월 개인 블로그에 '올드걸의 시집'이란 카테고리를 만들었다. 생활에서 자라나는 감정에 시를 덧대어 한 편 두

편 글을 올렸다. 돈을 벌거나 책을 내려고 쓴 게 아니라 속을 달래려고, 일이 버거워서, 어쩌면 쓴다는 의식도 없이 쓴 글들이다. 생애 가장 눈물 많던 시절이다. 몸의 우기雨期를 지나며 썼던지라 자기 연민이 과했지만, 돌이켜 보면 그때가 글과 삶의 거리가 없었던 유일한 시절이었다. 아이러니하게도 가장 고통스러운 시기에 가장 고통 없이 글을 썼던 것이다.

한 무명작가의 글은 운 좋게 출판 기회를 얻었다. '은유'라는 필명으로 2012년 첫 단행본《올드걸의 시집》을 펴냈다. 그런데 3년 후 출판사가 경영상의 이유로 절판을 결정하고 책의 판권과 남은 책 백 권을 돌려줬다. 혼자서는 들지도 못할 책 무더기가 현관에 무덤처럼 놓여 있던 장면이 아직도 선명하다. 그렇지만 슬픈 일 다음에는 좋은 일이 오기도 하는 법. 사연을 전해 들은 은평구의 작은 서점 '책방 비엥'에서 책을 위탁판매해 줬고,《올드걸의 시집》을 아끼는 독자들과 모여 책을 추억하자며 '절판 기념회'를 열어 줬다. 그 후로도 책방에는 '그 책'을 구할 수 있느냐는 문의가 꾸준했다고 한다. 외부 강연에서 내가 만난 독자들도 '그 책'을 읽고 싶다는 바람을 전해 왔고, 실제로 중고 책이 정가보다 두세 배 높은 가격으로 거래되기도 했다.

2016년 12월에《올드걸의 시집》의 전부는 아니고 절반을 추려 그간 쓴 다른 글들과 묶어 개정증보판 격인《싸울 때마다 투명해진다》를 펴냈다. 나는 새로 나온 분홍 표지의 책을 '그 책'을 찾는 이들에게 권하곤 했는데 일부 독자들은 말했다. "이 책이 그 책은 아니다"라고.

007

'그 책', 《올드걸의 시집》을 원본 그대로 다시 세상에 내놓게 되었다. 절판된 지 5년 만이다. 한 권의 책이 세상에 나오면 저자의 손을 떠나 제 운명을 산다더니 정말 그런가 보다. 곡절이 많아서 나에겐 '감정 꽃다발' 같은 책이 되었다. 어느 날 저자가 되는 어색한 기쁨을 안겨 주더니 불쑥 절판되는 쓸쓸한 아픔을 느끼게 해 줬고 이번에는 복간이라는 애틋한 설렘과 부끄러움을 선물해 준다. 가끔 강연회에서 《올드걸의 시집》을 들고 오는 분들을 만나면 나는 '인연의 증표'라도 발견한 것처럼 북받치다가 마음이 녹아버렸다. 책에 대한 감상으로 "실컷 울었다"는 고백을 종종 듣는다. 초보 저자의 책을 무려 사고 읽고 아끼고 여전히 간직하고 있는 사람들, 초판본을 지닌 삼천 명의 독자는 한 사람이 쓰는 삶으로 나아갈 수 있었던 튼튼한 뗏목이 되어 줬다. 첫 책의 부족함을 아는 만큼 고마움이 크다.

"내가 감히 이 책을 다시 읽을 수 있을까? 자기가 쓴 것이 출판되어 나온 것을 얼굴을 붉히거나, 떨거나, 얼굴을 가리려 하지 않고 읽을 수 있는 날이 언제고 오기는 올까?" 버지니아 울프가 '37세' 일기에 쓴 문장이다. 내 나이 서른일곱부터 쓴 글들을 보는 지금 내 심정이 딱 이렇다. 두 번째 서문을 쓰기 위해

'죄스러운 열정'으로 철 지난 글들을 찬찬히 일독했다. 얼굴이 화끈거려 지우고 싶은 문장들, 거친 생각과 서툰 감정들에 한 없이 난감해졌지만 그대로 두었다. 시대정신의 변화에 따른 중요한 오류는 각주를 달았다.

가족과 결합된 시간과 사건이 많았던 시기라서 동거인들 이야기가 자주 나온다. 일상에서 발아한 글이기에 불가피했다. 육아 집중기 시절 나는 좋은 엄마에 대한 높은 도덕적 기준을 세우고 나와 남을 부단히 들볶았던 것 같다. 아이들이 먹을 밥을 차리는데 자꾸 한숨이 나는 내가 미워서 쓰기 시작한 글들이다. 아이들용으로 손이 가는 반찬을 해 놓았을 때 그걸 먹는 남편이 미운 내가 싫어서 쓰기 시작한 글들이다. 먹는 이를 미워하는 사람은 예정에 없던 내 모습이었다. 다정함을 잃지 않는 것으로 인간의 품위를 지키고 싶었던 한 여자의 분투, 수없이 무너졌던 실패의 기록을 너그러이 품어 주길 바라는 마음이다.

이 책에는 48편의 시가 수록되어 있다. 일일이 저작권 허락을 구하는 등 품이 많이 드는 작업이다. 동료애로 글을 살피고 자매애로 곁이 되어 준 초판본 편집자 정미진 님, 개정판 편집자 하선정 님, 그리고 복간본 편집자 이현정 님에게 특별한 마음을 전한다. 2020년 코로나의 봄날, 다시 만날 독자를 위한 웰컴 시를 띄우며.

나는 슬픔의 친척인가?
우리는 친척인가?
이리도 자주 내 문 앞에서—
오, 들어오라!

_빈센트 밀레이의 시 〈슬픔의 친척〉

서문

그것은 다른 시간이리라. 그 시간을 다른 여인이 살게 되리라.
그 시간은 다른 세계에 존재하리라.
그 세계가 다른 삶을 열어 주리라.
_ 파스칼 키냐르의 소설 《빌라 아말리아》

나이 든
소녀

동네 꽃집을 지나는데 창문에 예쁜 글씨가 새겨져 있다. "우리 엄마도 한때는 소녀인 적이 있었답니다." 발걸음이 멎었다. 뭐랄까. 애잔함과 서글픔과 허탈함이 차례로 밀려왔다. 매년 어버이날이면 애들한테 카네이션 달라고 조를 때는 언제고, 저 문구에 쓰인 '우리 엄마'에 나도 해당된다는 사실이 인정하기 싫었다. 어느덧 내가 효孝 마케팅의 판촉 대상으로 위로받는 처지가 된 게 못마땅했다. 그럼 뭐 지금은 시들었어도 예전엔 생기 어린 꽃이었다는 건가? 고쳐 주고 싶었다. "우리 엄마는 지금도 소녀일 때가 있답니다."

예전에 홍익대학교 청소노동자 노문희 씨를 인터뷰한 적이 있다. 그녀의 담당 구역인 건물 3층 복도 끝에 휴식 공간이 있었다. 새의 둥지처럼 몸 하나 겨우 웅크릴 공간, 책상 하나 놓이니 꽉 차는 창고 같은 방이지만, 다행히 벽면의 통유리 너머로 짙푸른 나무가 흔들려 운치를 더했다. 책상 위에는 낡은 스프링 노트가 정물처럼 가지런히 놓여 있었다. 학생들이 버린 노트를 주워서 일기를 쓴다고 했다. 그녀가 넘기는 노트에는 깨알 같은 글씨와 소녀 얼굴의 스케치가, 마치 전혜린의 노트처럼 동경과 낭만으로 일렁였다. 나는 놀라 입을 다물지 못했다. 까맣게 염색한 보글보글 억센 파마머리에, 울퉁불퉁 힘줄 튀어

나온 마른 손등에, 소매통 넓은 파란색 작업복을 걸친 청소부. 예순 살의 그녀가 감수성 주체로 여기 책상에 앉곤 한다는 사실이 마냥 낯설었다. 돌아오는 길, 우리 엄마도 가을이면 단풍잎, 은행잎을 주워서 식탁 유리 밑에 끼워 놓곤 했던 생각이 났다. 엄마가 화초 가꾸기를 좋아하니까 그런 줄 알았는데 엄마가 주운 것은 낙엽이 아니었을지도 모르겠구나 싶었다. 살면서 흘린 것, 놓친 것, 떨궈진 것들을 낙엽에서 봤던 게 아닐까. 잃어버린 당신 시간을 모으듯 몸을 구부려 줍고 부서질세라 쥐고 고이 간직하는 동안 엄마는 가을을 통과하는 소녀였던 거다.

나는 이십 대 초반에 결혼해서 아이를 둘 낳았다. 엄마로 오래 살았다. 남들은 나보고 젊은 엄마라고 말했지만 나는 일찍 엄마가 된 소녀였다. 엄마 아닌 생에 대한 갈망이 컸다. 앞치마 풀어버리듯 엄마의 옷을 간단히 벗어버리고 싶었다. 체념인지 적응인지 마흔에 다다르자 심신의 변화가 왔다. 최승자 시인의 시구대로 "모든 일이 참을 만해요. 세포가 늙어가나 봐요" 하는 상태가 되었다. 그럭저럭 살 만했고 얼렁뚱땅 살아졌다. 하지만 심신의 변화가 전면적으로 진행되지는 않았다. 체력의 저하와 감각의 퇴화가 그래프처럼 항목별로 고르게 나타나는 건 아니었단 말이다. 나는 여전히 왕성하게 분열 중인 세포를 발견했다. 두루두루 참을 만하다가도 견딜 수 없어지는 순간에 불쑥 튀어 오르는 힘, 내 피만 알아차리는 저항. 그것은 한숨이나 눈물 같은 울컥함으로 나타났다. 나는 불행을 예민하게 느꼈다. 내가 태어난 이유를 찾고 싶었다. 그것은 아마도 본래적 자아로 회귀하려는 어떤 경향성일 것이다. 일상의 아수라장 안에서도 뭉그적뭉그적 나의 자리를 찾아가게 하는 힘이 있었으니, 그때마다 나는 어떤 소녀와 대면했다.

이렇게 말할 수 있을까. '올드걸'은 고정된 인격체가 아니라 하나의 존재 방식이다. 그러니까 피부에 잔주름 없애고 명품 몸매 가꿔 '영우먼'이 되려는 욕망처럼 눈가의 물기와 사유의 탄력을 잃지 않는 올드걸이 되려는 욕망도 있다. 그런데 올드걸은 눈에 띄지 않는다. 영우먼은 미용산업, 성형산업, 의류산업을 거쳐야 만들어지므로 매스컴에 의해 떠들썩하게 알려지고 지속적으로 재생산되는 반면, 노트 하나 시집 한 권이면 족한 올드걸은 있어도 보이지 않는다. 이 사회의 거미줄 같은 자본 시스템을 경유하지 않는 존재는 발굴되지도 부각되지 않는 법이니까. 또한 일상생활에서 엄마 역할로 기능하면 딱히 드러날 기회가 없기도 하다.

나이 든 여자를 마주하고 당신은 꿈이 뭐냐고, 무얼 욕망하느냐고, 어떤 슬픔이 있냐고 물어본다는 건 영 어색하다. 나도 엄마에게 그러지 못했다. 어쩌면 보통명사 '엄마'의 사적 영역은 한때 누군가의 '자식'이었던 우리 모두에게 상상 불가능한 지대인지도 모른다. 그럼에도 불구하고 올드걸은 살아 있다.

누군가 나에게 올드걸의 정의를 묻는다면 이렇게 말할 것이다. 돈이나 권력, 자식을 삶의 주된 동기로 삼지 않고 본래적 자아를 동력으로 살아가는 존재, 늘 느끼고 회의하고 배우는 '감수성 주체'라고.

시詩로
지은 집

내 생애 첫 시집은《한국명시선》이다. 바위에 부딪히는 파도의 하얀 거품, 까만 포도알 같은 아이의 눈망울, 세모 지붕에 낮은 울타리가 처진 집으로 뛰어가는 들판의 아이들 등등 70년대 지방 소도시에 있는 이발소 달력 그림에 쓰일 법한 사진에다가, 윤동주, 이육사, 김소월 등의 국정교과서 수록 시가 어우러진 사진판 양장본 책이었다. 내가 둥그런 바가지머리 아이였을 때 그 시집을 방바닥에 드러누워 읽었던 기억이 난다. 그 다음 두 번째 시집은 잡지 부록으로 딸려 온《세계의 명시-애송시 200선》으로, 국내편 국외편이 섞여 있었다. 괴테의 〈첫사랑〉, 릴케의 〈가을날〉, 롱펠로의 〈인생찬가〉 등 어색한 번역에 따른 비장한 시어를 나는 아무 이물감 없이 그대로 흡수했다. 책을 읽다 보면 심오하고 난해해서 잘 이해가 가지는 않지만 느낌에 압도되는 경우가 있는데 소싯적 읽은 시들이 그랬다.

아이에서 소녀로 자라면서 나는 시의 풍요를 제대로 누렸다. 문학적 감수성이 남달라서가 아니라 그 시절에는 시가 봄날 개나리처럼 어디에나 흐드러졌다. 꼭 시집을 사지 않더라도 스프링 연습장 겉표지에 조병화의 〈남남〉, 서정윤의 〈홀로서기〉, 유안진의 〈지란지교를 꿈꾸며〉 같은 시가 예쁜 글씨체로 꾸며져 있었다. 그뿐인가. 대중가요도 시적 정취가 물씬했다. 산울림과 들국화와 김광석의 어떤 가사는 시보다 시적이었다. 나는 노래와 시를 구분치 않았다. 노트를 쫙 펴고 한쪽에는 이형기의 〈낙화〉, 그 옆에는 유재하의 '사랑하기 때문에'를 베껴 쓰곤 했다.

부피가 얇고 작아서 손에 쏙 들어가는 시집은 선물용으로도 그만이었다. 삼천 원에 그만큼 기품 있는 선물이 또 없었다. 친구들과의 갈등에서 속상함을 표현할 때나 좋아하는 선생님에게 존경과 사랑을 고백할 때 등 언어의 빈곤을 해결하기 위해 시집을 뒤적거렸다. 연애편지에도 시 한 편씩 꼭 곁들였다. 그렇게 꽃이 피고 낙엽이 질 때마다 한 사람과 만나고 헤어질 때마다 시가 쌓였다. 80년대 민주화운동 시절 김남주와 박노해의 해방문학 시편들도 빼놓을 수 없다. 뜨겁게 달궈진 불온한 언어는 정신의 성냥불을 확 그어 주곤 했다. 비장미와 숭고미와 낭만성과 유치함이 교차하던 이십 대. 온통 정서 과잉의 그 시대. 일상, 연애, 투쟁 어느 곳에서도 나는 손 길게 뻗어 시에 의

지했다. 시로 지은 집에는 어김없이 사람의 얼굴이 누워 있었으니, 그 인연이 매개한 '말들의 풍경'은 그대로 세상 읽기의 독본이 되어 줬다.

행복 없이
사는 훈련

서른 중반 즈음부터다. 결혼과 출산과 육아를 거치면서 삶이 복잡계 수준으로 얽혔고 이성복 시인의 시구대로 "몇 개의 돌부리 같은 사건"을 지나오면서 나는 더 이상 한갓 취향으로 시를 읽을 수 없었다. 생이 기울수록 시가 절실했다. 일을 마치고 늦은 밤 귀가하면 식구들은 잠들고 집이 난장판이 되어 있곤 했다. 식탁 위에는 라면 국물이 반쯤 남은 냄비와 뚜껑도 닫지 않은 김치 보시기, 고춧가루 묻은 젓가락이 엑스자로 놓여 있었다. 남편과 아이들이 벗은 양말은 발아래 낙엽처럼 채였다. TV는 저 혼자 무심하게 떠들고 있었다.

　무엇부터 해야 할지 몰라 아무것도 손댈 수가 없을 때면, 나는 책꽂이 앞으로 가서 주저앉았다. 손에 잡히는 시집을 빼서 시를 읽었다. 정신의 우물가에 앉아 한 30분씩 시를 읽으면서 시간을 보냈다. 왜 그랬을까. 나는 기계적으로 일하는 노예가 아니라 사유하는 인간임을 느끼고 싶었는지도 모르겠다. 시를 읽으면서 나는 나를 연민하고 생을 회의했다. 생이 가하는 폭력과 혼란에 질서를 부여하는 시. 고통스러운 감정은 정확하게 묘사하는 순간 멈춘다고 했던가. 마치 혈관주사처럼 피로 직진하는 시 덕분에 기력을 챙겼다. 꿈 같은 피안으로의 도피가 아니라 남루한 현실을 직시하는 것만으로도 이상하게 힘이 났다. 시가 주는 묘한 해방감의 정체가 무언지는 몰랐다. 그런데 얼마 전 친구가 소설에서 봤다며 '조선조 사대부 여인에게는 시가 짓기를 금했다'는 얘기를 들려줬다. 그 책 내용은 다음과 같았다.

> 결혼은 항상 숙명과 같은 엄숙한 얼굴로 가시울타리를 치고 있었다. 아내는 그 울타리 안에서 순치된 가축처럼 고분고분 살아갈 뿐이다. 이것이 남권 사회의 순리다. 가장 무난한 방도는 회의하지 않는 일이다. 남권 사회에 있어서 여인의 회의는 독약이나 같다. 조선조 사대부 여인들에게 시가 짓기를 금한 것은 이 때문일 것이다. 문학에 눈뜨는 것은 회의에 눈뜨는 일이 아닌가.
> _ 이영희의 소설《달아 높이곰 돋아사》1권

　문학에 눈뜨는 일은 회의에 눈뜨는 일이고, 회의에 눈뜨는 일은 존재에 눈뜨는 일이었다. 시를 읽는 동안 나 역시 생각에서 생각으로 돌아눕고 곱씹고 되씹고 뒤척이기를 반복했다. 흔한 기대처럼 시는 삶을 위로하지도 치유하지도 않는다. 백석 시인이 노래했듯이 "내 슬픔이며 어리석음이며를 소처럼 연하여 쌔김질"할 뿐이다. 사는 일이 만족스러운 사람은 굳이 삶을 탐구하지 않을 것이다. 시가 내게 알려 준 것도 삶의 치유 불가능성이다. 니체가 말했듯 "상투어로 자신을 위로하는 끔찍한 재능"만으로는 감당할 수 없는 삶의 바닥까지 시는 깊게 내려간다. 시를 통해 나는 고통과 폐허의 자리를 정면으로 응시하는 법을, 고통과의 연결 고리를 간직하는 법을 배웠다. 일명 진실과의 대면 작업이다. 어디가 아픈지만 정확히 알아도 한결 수월한 게 삶이라는 것을, 내일의 불확실한 희망보다 오늘의 확실한 절망을 믿는 게 낫다는 것을 시는 귀띔해 줬다.

참 고마운 일이다. 어딜 가나 치유와 긍정의 말들을 사나운 헤드라이트 불빛처럼 얼굴에 들이대어 삶에 눈멀게 할 때, 시는 은은히 촛불 밝혀 삶의 누추한 자리 비춰 주니까. 배신과 치욕과 절망과 설움이라는 분명히 존재하는 삶의 절반을, 의도적으로 기피하고 덮어 두는 그 구질구질한 기억의 밑자리를 시는 끝내 밝힌다. "인간은 자기가 어떻게 절망에 도달하게 되었는지를 알면 그 절망 속에 살아갈 수 있다"는 벤야민의 말을 나는 시를 통해 이해했다. 시를 읽는다고 불행이 행복으로 뚝딱 바뀌지는 않지만 불행한 채로 행복하게 살 수는 있다. 그래서 황

동규 시인이 말했듯이 "시는 행복 없이 사는 훈련"인 것이다.

시를
핑계 삼다

삶은 천연덕스럽고 시는 몸부림친다. 시가 뒤척일수록 삶은 명료해진다. 삶이 선명해지면 시는 다시 헝클어버린다. 나는 시라는 말만 들으면 가슴이 아프다. 가슴 아프다는 것은 사랑한다는 것. 좋은 시를 읽으면 자동인형처럼 고개가 올라간다. 가슴에 차오르는 것을 누르듯이 책장을 덮는다. 방 안을 한 바퀴 돌고 나서야 다시 시 앞에 앉아 베껴 쓴다. 그러고 나면 어김없이 글쓰기 충동에 시달렸다. 시가 휘저어 놓아 화르르 떠올랐다가 층층이 가라앉는 사유의 지층들. 몸에 돌아다니는 말들을 어디다 꺼내 놓고 싶었다. 꺼내 놓고 싶은 만큼 꺼내 놓고 싶지 않았다. 나에게 고유한 슬픔일지라도 언어화하는 순간 구차한 슬픔으로 일반화되는 게 싫었다. 우리가 입을 다무는 것은 할 말이 없어서가 아니라 말하고 싶은 것을 모두 말할 수 있는 방법을 모르기 때문이라고 하던가.

　말하고 싶음과 말할 수 없음, 말의 욕망과 말의 장애가 충돌하던 어느 가을날, 나는 이미 무언가를 쓰고 있었다. 말은 나를 떠났다. 계속 쓰고 싶었다. 궁여지책으로 사유를 자극한 시 한

편과 차오르는 말들을 나란히 블로그에 올렸다. 혹여 누가 그 섬에 닿더라도 시 한 수 나눈다면 덜 민망하리라 더 인정 어리 리라 생각했다. 그 후로 사는 일이 힘에 부치고 싱숭생숭이 극 에 달하는 날이면 시를 읽고 글을 썼다. 글을 쓰고 싶을 때마다 시를 핑계 삼았다. 한 해 두 해 시간이 흐르고, 회한이 쌓이고, 시집이 늘었고, 눈물이 마르고, 아이들이 커 가고,《올드걸의 시집》이 자랐다.

삶과 시의
합작품

이 책은 단순하게는 서른을 지나 마흔에 들어선 한 여성의 이 야기다. 아이들이 학교에서 돌아오면 간식 챙겨 주고픈 구닥다 리 모성관의 소유자이자, 문득 일상을 전면 중지하고 홀연한 떠남을 꿈꾸는 몽상가이자, 시시때때로 아름다운 언어에 익사 당하고 싶은 문자중독자이고, 밥벌이용 글을 써야 하는 문필하 청업자이며, 사람 만나 이야기하고 그 소소한 행복을 글로 쓰 길 좋아하는 데이트 생활자인 나. 수많은 존재로 증식되는 나 를 추스르느라 휘청거리며 살아온 날들을 담았다. 요란한 삶이 고 빈 수레다.

　살면서 공부를 중단하지 않았지만 학위가 없고, 책 읽기와 글쓰기로 생활비를 벌지만 명함이 없고, 시를 늘 곁에 두지만 등단이나 전공을 목표로 하는 건 아니다. 아무래도 능력이 닿지 않는다 해야겠다. 이런 나의 삶의 이력이 부끄럽지는 않지만 살면서 민망한 적 많았다. 하나의 목적으로 수렴되지 않고 성과를 축적하지 않는 삶은 설명하기도 이해받기도 어려웠다. 오직 노릇과 역할로 한 사람을 정의하고 성과와 목표로 한 생애를 평가하는 가부장제 언어로는 나를 온전히 설명할 수 없었다. 말이 바닥났을 때, 시가 내게로 왔다. 문학평론가 황현산이 잘 정의한대로 "모든 것에 대해 온갖 수단을 동원하여 끝까지 말하려 하는 시", 그 포기하지 않음에 기대어 존재 증명을 시도했다. 동시에, 익숙한 나로부터 떠나는 연습을 일삼았다. 지금 나는 손에 쥔 것은 없으나 눈에 보이는 사람은 더 많아졌으니 그리 나쁘지 않은 삶이었구나 생각한다. 그러므로 이 책은 엄연하게는 삶과 시의 합작품이다.

이것을 왜 책으로까지 묶어야 하는지 고민이 길었다. 블로그와 웹진 〈위클리 수유너머〉에 연재한 '올드걸의 시집'을 읽고 "시가 좋아졌다" "시집을 샀다"는 얘기를 들으면서 용기를 냈다. 시의 사적 소유가 아닌 시의 공적 순환을 위해서 뻔뻔해지기로 했다. 내가 구상하는 좋은 세상은 고통이 없는 세상이 아니라 고통이 고통을 알아보는 세상이다. 이는 아주 일상적으로는 끼니마다 밥 차리는 엄마의 고단함을 남편과 아들이 알아보는 것이고, 음식점이나 편의점이나 경비실에서 일하는 사람과 눈을 마주치는 것이다. 시를 읽는 것은 타자의 언어를 이해하는 일이고, 나를 허물어뜨린 자리에 남을 들여놓는 행위다. 고통이 고통을 알아보고 존재가 존재를 닦달하지 않는 세상. 그것을 '시'와 '시에 곁들여진 수다'가 조금이라도 도우면 좋겠다.

2011년 가을부터 연구실에서 시 세미나 '말들의 풍경'을 진행하며 열 명 남짓한 벗들과 함께 매주 토요일 시를 읽었다. 시의 이해도와 삶의 만족도가 동시에 상승했다. 말을 들어 주고, 말을 만들어 가는 관계를 소중하게 생각한다. 벌써 몇 해 전 일이다. 엄마의 돌연한 죽음으로 삶의 일회성을 자각했고 존재의 요청을 들을 수 있었다. 나로 하여금 생을 귀히 여기도록 영감과 자극을 준 눈물겨운 인연들이 있다. 이 책에는 수많은 타인의 지분과 체온이 깃들어 있음을 말하고 싶다.

2012년 다시 가을

차례

여 자 ,

내 생을 담은 한 잔 물이

잠시 흔들렸을 뿐이다

엄마,

내가 반 웃고
당신이 반 웃고

작가,

사는 일은 가끔 외롭고 자주 괴롭고 문득 그립다

여자
,

내 생을 담은
한 잔 물이
잠시
흔들렸을 뿐이다

지금은 간신히
아무도
그립지 않을
무렵

삼사십 대 남녀 다섯이 인사동에서 모였다. 전시를 끝낸 지인의 뒤풀이 자리다. 조곤조곤 수다 떨며 와인 한잔 마시는데 마흔 지난 남자가 물었다. "내 나이에 사랑을 하는 게 좋은 거야, 안 하는 게 좋은 거야?" 여자들이 개구리 합창처럼 답했다. "당근, 하는 게 좋지!" 능력 있음 연애해 보라는 식이었다. 남자는 이내 도리질이다. 희생이 너무 커서 싫단다. 사랑하는 아내와 아이들을 아프게 하기가 미안하다고, 또 사랑해 봐야 몸 섞고 나면 별거 없다고, 비 맞은 중처럼 중얼중얼 혼자 묻고 혼자 답하더니 마침표를 찍는다. 대체 왜 물어봤을까. 아니, 결론이 뻔해서 물어봤을 것이다. 오로지 물음의 행위를 통해서만 반짝 사랑의 감각이 살아나니까 그럴 것이다. 예정에 없던 나이를 갱신하며 혼란스럽고 무료하겠지. 그럴 때마다 머리 위로 굴러 떨어지는 사랑에 관한 자문자답의 바위를 굴릴 테고.

꿈도 희망도 사랑도 상실한 소시민의 일상은 19세기 소설, 플로베르의 《마담 보바리》가 잘 보여 준다. 단조롭기 짝이 없는 시골생활, 평범한 생각밖에 못하는 우직한 남편을 혐오하는 주인공 엠마는 일상 탈출과 낭만적 사랑을 꿈꾸며 외간 남자에게 몸과 돈을 다 바쳐 사랑하다가 가산을 탕진하고 자살한다. 당대 부르주아 사회에서는 꽤나 희귀한 캐릭터였던 엠마는 적어도 자기 삶을 욕망할 줄 아는 여자다. 그녀에 대해 플로베르는 "보바리 부인은 바로 나 자신"이라고 했다.

《마담 보바리》는 출간 당시에는 미풍양속을 해치는 악덕 소설이란 평을 들었지만, 이 소설은 단순한 불륜 예찬 작품이 아니다. 그때나 지금이나 이 세상 여자들이 엠마처럼 살면 위험하다고 말하는데, 내가 볼 때는 누구나 마음만 먹으면 엠마처럼 살 수 있다는 가정 자체가 커다란 착각이다. 사랑에 투신하는 용기, 삶을 지탱시키는 열기는 아무나 갖지 못한다. 계산적으로 사느라 용쓰는 동안 본래적 열정은 소실되었기 때문이다.

무모하게 살고 어리석게 사랑하는 엠마의 사랑은 소설 속 이야기일 뿐일까. 감정의 저울질과 자제가 가능하면 그게 사랑일까. 토론하는 동안 사랑에 관한 실화 사례 발표. 스모키 화장이 잘 어울리는 서른 살 큐레이터는 얼마 전 어떤 유부남에게 절절한 사랑고백 편지를 받았다고 한다. 몇 통 오더란다. 그런데 일주일 후 '힘들어서 도저히 안 되겠다'며 이별 편지가 당도했다고 한다. 별안간 밀물처럼 밀려왔다 썰물처럼 빠져나간

그분이 안쓰러웠다는 연민의 말과 함께 그녀의 새초롬한 입에서 작은 한숨이 새어 나왔다. 곧 희미한 웃음을 흘렸다. 귀를 쫑긋 세우고 듣던 우리도 왠지 허탈했다. 베스트극장 '예고편'에 그쳤다. 그분, 초기 감기도 아닌데 일주일 만에 뚝 떨어진 걸까. 어째 좀 박한 느낌이다. 적어도 달이 차고 기우는 동안은 품을 일이지. 살면서 연애편지 쓰고 싶은 사람 만나기도 쉽지 않거늘. 하긴 그걸 알면서도 대개는 어찌하지 못한다. 과한 부지런함일까 이른 현명함일까. 왜 우리는 생생한 아픔보다 시든 행복을 택하는가.

　밤, 한강을 지났다. 까만 융단으로 빛나는 강물이 예뻤다. 저 아름다운 흑빛 도화지에 아련히 맺히는 그리움이 있으면 좋겠다는 상상의 나래를 폈다. 너무 북적이는 것도 싫지만 한 명만 크게 떠오르는 것도 좀 아깝다. 옛 노트에서 잠자는 이들은 기억조차 희미하다. 켜켜이 묵어 가고 올올이 피어나는 얼굴, 얼굴들. 강물에 손 빗금 그어 구획 정해 주고 싶다. 강물 분양권. 그대에게 내 그리움의 빛으로 떠오를 자격을 부여함. 음, 평생 몇 장을 발급할 수 있을까. 애매함으로 둘러싸인 우주에서 확실한 감정은 자주 오지 않는 법이라 했는데……. 내 품. 숱한 그리움의 모서리들로 가슴 터져 나가던 그 때도 좋았지만, 시시하고 단조롭게 흘러가는 적막도 그리 나쁘지는 않다. 고요함과 나태함 사이. 지금은 간신히 아무도 그립지 않을 무렵. 그 숨죽인 시간을 산다.

그때 내 품에는
얼마나 많은 빛들이 있었던가
바람이 풀밭을 스치면
풀밭의 그 수런댐으로 나는
이 세계 바깥까지
얼마나 길게 투명한 개울을
만들 수 있었던가
물 위에 뜨던 그 많은 빛들,
좇아서
긴 시간을 견디어 여기까지 내려와
지금은 앵두가 익을 무렵
그리고 간신히 아무도 그립지 않을 무렵
그때는 내 품에 또한
얼마나 많은 그리움의 모서리들이
옹색하게 살았던가
지금은 앵두가 익을 무렵
그래 그 옆에서 숨죽일 무렵

_장석남의 시 〈옛 노트에서〉

쓰면 뱉고
달면 삼키는
거지

사랑하는 일을 왜 사과해야 하는지 모르겠다. 영화에서 그런 설정이 많이 나온다. 다른 사람을 사랑해 놓고 배우자 혹은 애인에게 눈물 흘리며 속죄의 발언을 한다. 난 그것이 못마땅하다. 사랑을 하지 않을 수 있었는데도 사랑했다는 것인가? 이것은 사랑에 대한 모독이다. 사랑의 자유의지를 전제하는 것이다. 맹금류가 양을 잡아먹지 않을 수도 있었다는 얘기와 같다. 동의할 수 없다. '그 잔인'은 아무 죄가 되지 않는다. 흔한 비유로 사랑은 교통사고처럼 닥치는 사건이다. 신호를 준수하고 횡단보도 정 가운데로 조심스럽게 건너도 사고가 나려면 어떻게든 나지 않나. 모든 사랑은 어찌할 수 없이 사랑할 수밖에 없다. 선택 불가. 일단 수용한 후의 감정 조절이 있을 뿐이다. 안 당하면 화평하고 무난하게 사는 것이고, 당하면 폭풍이 한차례 덮치는 것이다. 몰락도 나쁘지 않다. 이런 얘길 하면 묻는다. "니 남편이 그래도?"라고. 마음 같아선 그의 사랑을 존중해 주고 싶다. 한때나마 뜨겁게 사랑했던 남자가 남편이다. 그에게, 다시는 사랑은 가능하지 않다고 전제하는 게 나로서는 더 쓸쓸하다.

"난, 사랑은 교통사고 아니라고 생각해." "그럼 피할 수 있다는 거?" "응." "음. 그래. 어떤 점에서 그런지 더 설명해 줘." "주체는 자기 의지와 윤리적 선택에 따라 형성되는 거잖아. 먼저 결정되어 있는 게 아니고." "그래도 싫은 사람을 억지로 사랑할 수는 없잖아." "좋은 사람도 사랑하지 않을 수 있어. 나는 어떤 남자에 굉장히 빠졌었거든. 그때 외로워서 그랬던 거 같아. 보기만 해도 가슴이 뛰고 침이 꼴딱꼴딱 넘어가는 거야." "왜? 섹스하고 싶어서?" "응. 근데 뻔히 보였어. 굉장히 강하고 복잡한 사람이었어. 저 사람을 사랑하면 내가 고통으로 몸부림치겠구나." "복잡한 사람 사랑하면 지옥이지." "엄청 참았어. 지금 생각해도 잘한 거 같아. 사랑하지 않은 건." "난 그렇게 이성이 판단하기 이전에 몸이 저지르는 사건이 사랑이라고 생각하는데. 의지나 결심마저 무화시키는 소용돌이. 어떤 격정." "그런 거 없어. 다 자기의 판단과 선택이야."

친구와 〈옥희의 영화〉를 봤다. 역시나 홍상수 감독은 사랑, 술, 예술로 얼개를 짰다. 집요한 반복. 능란한 변주. 남루하고 능글맞고 쓸쓸하고 유쾌하다. 하루에도 그렇게 몇 번씩 만났다 헤어지는 것들에 관한 이야기. 사는 동안 많은 일들이 '반복'되면서 또 어떤 '차이'를 갖는 게 인생이라고 홍상수는 얘기한다. 군더더기 없고 깔끔하다. 사과처럼 시큼한 사랑 이야기가 스크

린에서 붉게 두근거린다. 이 세계의 비밀을 자기만의 언어로 심상하게 풀어낸다.

홍상수는 사랑을 교통사고라고 생각할까. 그런 것도 같고 아닌 것도 같다. 운명처럼 다가오는 사랑의 숭고함을 말하지 않고 신발처럼 일상의 맨바닥을 지탱하는 소모품 같은 사랑을 얘기한다는 점에서 교통사고는 아니다. 그러면서도 그 사랑이, 합리적 판단을 거치지 않고 감정중추로 바로 이어진다는 점에서는 또 본능적이고 실재적이다. 그러니까 사랑을 피할 수 있느냐 없느냐가 아니라 그 달콤한 충돌을 왜 피하냐고 묻는 것으로 보인다. 아니, 번개처럼 이미 와 있는 사건으로서의 사랑을 얘기한다. 〈옥희의 영화〉에서 그의 사랑관이 드러나는 대사. "사랑 절대로 하지 마. 정말로 안 하겠다, 결심하고 버텨 봐. 그래도 뭔가 사랑하고 있을 걸……." 받아 적고 싶어 손이 움찔했다. 니체가 "천국이란 새로운 생활방식이지 신앙이 아니다"라고 가르쳐 줬듯이, 속물 대마왕 홍상수가 사랑의 사이비 신도였던 나를 일깨운다. 사랑이란 새로운 생활방식이지 신앙이 아니다.

네가 죽어도 나는 죽지 않으리라 우리의 옛 맹세를 저버
리지만 그때는 진실했으니, 쓰면 뱉고 달면 삼키는 거지
꽃이 피는 날엔 목련꽃 담 밑에서 서성이고, 꽃이 질 땐
붉은 꽃나무 우거진 그늘로 옮겨가지 거기에서 나는 너
의 애절을 통한할 뿐 나는 새로운 사랑의 가지에서 잠시
머물 뿐이니 이 잔인에 대해서 나는 아무 죄 없으니 마음
이 일어나고 사라지는 걸, 배고파서 먹었으니 어쩔 수 없
었으니, 남아일언이라도 나는 말과 행동이 다르니 단지,
변치 말자던 약속에는 절절했으니 나는 새로운 욕망에
사로잡힌 거지 운명이라고 해도 잡놈이라고 해도 나는,
지금, 순간 속에 있네 그대의 장구한 약속도 벌써 나는 잊
었다네 그러나 모든 꽃들이 시든다고 해도 모든 진리가
인생의 덧없음을 속삭인다 해도 나는 말하고 싶네, 사랑
한다고 사랑한다고…… 속절없이, 어찌할 수 없이

_함성호의 시 〈낙화유수〉

그대라는
대륙

나를 키운 팔 할은 오빠들이다. 열아홉 이후에는 늑대 소굴에서 살았다. 그들을 남자로 봤을 리 만무하다. 사랑과 우정 사이에서 갈등을 일으킬 여지도 없었다. 성性적인 것에 무지했다. 순결 이데올로기가 내면화된 줄도 모른 채였다. 당시 내게 남자란 이성理性. 다른 성별이 아니라 합리적 존재였다. 같이 있으면 말도 통하고 배우는 것도 많고 즐거웠다. 좋은 사람의 좋은 기운에 끌렸고 그들도 나를 국민 여동생처럼 예뻐했다.

가장 따랐던 선배 A. 나의 철학 공부를 담당했던 사수였다. 본격적인 학습을 위해 몇 개월간 토요일이면 그의 집을 드나들었다. 녹두판《세계철학사》를 읽고 묻고 답하고 정리했다. 영화 보면 과외 선생님이랑 정분이 나기도 하던데, 내게는 그런 일이 일어나지 않았다.

선배 B랑은 친했다. 장마철 아침에 짐을 꾸려서 나왔는데 지방분회 방문이 취소되었다. 집에 들어가기 아까웠다. 친구랑 '밤새워' 놀고 싶었다. B에게 전화했다. "오늘 나 거기서 자도 돼?" 과년한 처자가 겁도 없지가 아니라 그땐 자연스러웠다. 노동조합 사보를 만들다가 원고가 틀어질 때 전화하면 바로 글한 편을 생산해서 보내 주곤 하던 선배다. 시랑 음악을 좋아했다. 여러모로 나랑 죽이 잘 맞았다. B의 자취방에 갔더니 책이 엄청 많았다. 얇은 영어잡지로 싸고 비닐로 또 덮은 시집에 손이 갔다. 책장을 넘기자 군데군데 반듯한 줄이 쳐 있었다. 그 시집을 그가 선물해 줬다. 지금도 가끔씩 들춰 보며 그 밤을 떠올린다. LP판을 틀어 놓고 시집을 읽었다. 그가 성장기 앨범을 보여 줬다. 고등학교 때 친구들이랑 찍은 사진과 가족사진 얘기가 좀 지루했던 기억이 난다. 밤새 이야기 나누다가 동틀 무렵 스르르 잠이 들었다. 방이 좁았다. 나는 쿨쿨 잤는데 그도 단잠을 잤는지는 모르겠다. 다음날 비가 왔다. 우산 하나 같이 쓰고 아침을 먹으러 가는데 그가 자연스럽게 내 어깨에 손을 둘렀다. 에로틱한 포즈였으나, 야릇하기보다 오롯했다.

선배 C는 길동무였다. 집 방향이 같았다. 일주일간 강원도 절에 들어가서 한방에서 지내면서 사소한 불장난도 일어나지 않았다. 회사 통근버스에서 선배 D와 손잡고 기대어 자는 꼴을 자주 보이는 바람에 사내에 스캔들이 좀 돌았지만 괘념치 않았다. 나중에 청첩장을 돌렸을 때 동료들은 신랑이 D가 아닌 것에 의아해했을 정도다. 그러니 나는 무성적인 존재였던 거 같다. A, B, C, D, E, F…… 여러 오빠들과 적절히 친밀한 관계를 구축했지만 보건복지부 제작 청소년 드라마도 이보다 더 건전할 순 없었다. 어쨌거나 C가 몇 년 뒤 남편이 되긴 했지만, A와

B가 그랬듯이 예정에 없던 일이다.

　모든 남성들이 육체적 관계를 배제(유보)한 감성 동맹을 원치는 않았다. 한강을 좋아하던 나는 야밤에 고수부지까지 따라가서 희희낙락 수다 떨던 참에 입맞춤을 당할 뻔한 경우도 있었다. 심지어 자기랑 같이 자고 싶었던 거 아니냐고 물어 오는 놈도 있었다. 기겁을 하고 도망갔다. 남녀 관계의 상상력이 부족한 그들과는 즉각 단교했다. 그런데 올해 초 인터넷 포털사이트 뉴스에서 '여자가 새벽 3시까지 같이 있으면 동침을 허락하는 것'이란 통계치 기사를 보고서야 20년 전 내 행위의 과실을 알아차렸다.*

* 지금 생각하면 내가 겪은 일들은 성추행이고 언어폭력이다. 인용한 뉴스 내용도 여성을 수동적인 존재로 규정하고 남성에게 성폭력의 명분을 제공하는 나쁜 기사다. 여자가 늦은 시간이나 밀폐된 공간에 남성과 같이 있었다고 해서 성관계 동의하는 것이 당연히 아니다. 그런데 나부터도 내 탓을 했다. 왜일까. 상대의 의견을 묻고 존중하는 게 아니라 자의적으로 넘겨짚어 타인의 몸을 침해하는 행동을 폭력으로 인지하지 못했기 때문이다. 그러니 '도망'을 최선으로 여겼다. '밤늦게 같이 있어서' '짧은 치마를 입어서' 등 여성의 언행을 성폭력의 원인으로 삼는 '피해자 책임론'에 길들여져 있었던 것이다. 수많은 미디어가 여성의 침묵, 거절, 동행을 본뜻과 무관하게 성관계 동의로 해석하고 재현했지만, 시대가 달라졌고 성 인식도 바뀌었다. 새로운 독자들을 위해 바로잡는다. 여자가 새벽 3시까지 같이 있으면 동침을 허락하는 것이 아니다. '노 민스 노 룰No means No rule', 명시적으로 성관계를 거절했는데도 상대방이 행위를 시도할 경우 이는 성폭력에 해당한다. '예스 민스 예스 룰Yes means Yes rule', 적극적인 동의가 없는데 성행위를 한 경우 성폭력으로 처벌할 수 있는 규정도 있으며 이에 대한 법제화는 우리나라에서도 활발히 논의 중이다.

홍상수 영화에서는 남녀가 자연스럽게 여관을 자주 가더라만, 난 그들을 육체적 쾌락에 눈먼 속물이라며 혀를 찼다. 옷깃만 스쳐도 성기 결합만 떠올리는 수컷들이 그렇게 한심할 수가 없었다. '잘 알지도 못하면서' 섹스 지상주의에 반기를 들었다. 상대를 쓰러뜨려 눕히지 않아도 남녀는 참숯처럼 뜨거운 밤을 새울 수 있고 섹스는 정말 진짜 사랑하는 사람이 생기면 그때 해야 한다고 믿었다. 무겁고 엄숙했다. 꼭 천국을 기다리는 사람처럼 사랑을 꿈꿨다. 성인 남녀 사이에서 예측 가능한 반응인데 살을 더듬는 남자를 흉악범 취급한 것도 조금은 미안했다. 성욕으로 영토화된 신체도 문제지만 고슴도치처럼 중무장한 신체도 정상은 아니었다. 나는 성적자기결정권을 갖고 살았다고 생각했는데 아니었는지도 모르겠다. 나의 욕망은 80년대 시대정신과 사회 규범에 의해 닫혀 있었다. 국민 여동생은 공백 없이 엄마가 되었다. 꽃다운 나이에. 그리고 엄마로 산다는 것. 그것은 무성적 존재로 살아가라는 '성모' 지위에 '보모' 역할을 부여받는 일이었다.

칙칙하고 까칠하던 홍상수 영화가 부드럽고 유쾌해지면서 나도 변해 간다. 〈하하하〉를 배꼽 잡고 보면서 부러운 거다. "아, 그동안과 비교도 안 되게 진짜 좋다." "여자는 사랑하는 사람 아니면 못 자요." 하는 문소리의 앙큼한 고백. 사귀던 남자와 헤어지자마자 옛 애인에게 바로 전화하는, 1초의 망설임도 없는 태도. 가벼움. 솔직함. 얽히고설킨 구질구질한 관계. 너절한 정념의 연쇄. 그것이 사랑임을 나는 인정한다. 돌아보면 주위가 인연의 꽃밭이었다. 황지우의 시구대로 얼마간의 고통(굴욕)을 지불하고 지나가는 길일 뿐이다. 더 아프거나 덜 아픈 사랑이 있을 뿐, 그리 대단한 사랑은 없다.

삶이라는 극지

그대라는 대륙

목표도 없이, 계획도 없이 그대를 여행하는 것이 이번 생
을 횡단하는 나의 본질적 계획이었네
_ 박정대의 시 〈사랑과 열병의 화학적 근원〉 부분

모든
######## 사랑은
남는 장사다

맑스의 여자관계는 어땠을까. 맑스가 무슨 면벽수행 하는 수도 승도 아니고, 학자에게 지고지순형 러브 스토리를 기대할 이유는 없다. 그저 궁금증의 발로다. 알아봤더니 부인 외에 하녀가 낳은 자식이 한 명 있었다. 맑스의 공식 인정은 아니고 여러 정황에 따른 추측이다. 맑스의 혼외자식설에 결정적으로 힘이 실린 건, 맑스가 죽은 후 그 아이를 엥겔스가 돌봐 줬기 때문이란다. 이런 말들이 났으리라. "엥겔스가 돌봐 주는 걸 보니 맑스의 자식이 틀림없군!"

여기서 맑스와 엥겔스의 깊은 관계를 추측할 수 있다. 두 사람은 40년이라는 물리적 시간을 공유하며 우정의 궁극을 실현했다. 방직공장 사장 아들로 태어나 부유했던 엥겔스는 늘 빚에 허덕이는 맑스에게 매달 생활비를 지원해 주는 스폰서 역할을 자처했다고 한다. 또 두 사람은 편지를 자주 주고받으면서 다양한 정치, 경제, 전략 전술 문제들을 토론하는 사상적 동지였다. 맑스가 죽은 후 엥겔스는 국제공산주의운동을 이끌었고, 맑스가 살아 있을 때 완성하지 못한 《자본론》 2권과 3권을 정리해서 출간했다. 둘은 《공산당 선언》 《독일 이데올로기》 공동저자이기도 하다. 엥겔스는 맑스의 임종도 지켜봤다. 거기다가 '몰래 한 사랑'의 자식까지 거둬 줬으니, 엥겔스는 마치 친정엄마처럼 맑스의 평생 애프터서비스를 담당한 셈이다. 이러한 이야기를 자본 세미나 뒤풀이 시간에 나누는데 누가 탄식처럼 내뱉었다.

"아, 나도 엥겔스 같은 친구가 있었으면 좋겠다!"

아마 모든 이의 로망일 것이다. 고흐에게 테오가 있고, 맑스에게 엥겔스가 있고, 소설《오래된 정원》에서 사회주의자 오현우에게 '숨겨 주고 재워 주고 먹여 주고 몸도 주는' 한윤희가 있었듯이, 물심양면 아낌없이 주는 나무 같은 사람을 평생 곁에 두는 것 말이다. 방법이 아주 없진 않다. 어디선가 날아오는 화살 같은 말.

"먼저 엥겔스가 되어 주세요. 그럼 엥겔스 같은 친구가 생길 걸요."

정답이다. 이론적으로 생각해 봐도 그렇다. 너도나도 자기가 맑스인 줄 알고 엥겔스만 기다린다면 영혼의 짝을 만날 확률은 희박하다. 맑스는 김나지움(독일 고등학교) 졸업논문에서 이미 '인류의 해방과 행복에 기여할 것임'을 표명하고 치열한 자세로 살아왔다. 그런 사람을 알아보려면 같은 층위를 맴돌아야 한다. 같은 지평에 머물러야 한다. 그래야 마음의 길이 열리고 생각이 통하여 서로를 보듬고 키울 수 있다. 맑스는 엥겔스를 만들고, 엥겔스는 맑스를 만드는 선순환이 일어난다.

　　한 후배의 고민을 듣고는 엥겔스 이야기가 떠올랐다. 서른을 넘긴 그녀는 지난해 자궁내막암 수술 후 완치되었다. 느닷없이 닥친 발병에 힘들어했으나 잘 이겨 냈고, 혈색이 좋아지고 직장에도 복귀했다. 매일 아침 긴 생머리 찰랑거리며 출근 준비를 서두르는 건강한 직장인으로 돌아갔다. 그런데 투병 중에 동병상련이라고 위로를 많이 받았던 암환자동호회의 번개 모임을 나갔는데, 거기서 한 청년이 '좋아한다'며 고백을 해 왔다는 것이다.

　　"와, 그래? 잘됐네."

　　"나도 기분이 좀 좋긴 했는데…… 언니, 나 이런 생각 웃기고 이기적인 거 아는데, 아픈 사람 싫다."

　　"그래. 너도 힘들었으니까. 아픈 사람 만나기 두렵겠지. 위로받고 싶은 마음 이해해."

　　나라도 우선은 그랬을 것이다. 그런데 달리 생각해 볼 여지는 있다. 일단 대한민국은 남자 품귀다. 언젠가 술자리에서 '괜찮은 남자는 죽었거나 게이거나 유부남'이라는 우스갯소리를 들었다. 일정 정도의 진실이 내포된 진단이다. 내 주위에도 괜찮은 싱글 여성은 많은데 남성은 없다. 이런 판국에 암 투병 병력을 사랑으로 품어 주고 핏줄 타령 안 하고 아이 입양해서 키우는 데 동의할 대인배를 만날 가능성은 희박하다. 엥겔스를 만날 확률처럼 말이다. 오직 한 길, 내가 엥겔스가 되는 수밖에 답이 없다. 즉, 후배의 경우라면 나를 감싸 줄 영혼의 짝을 만나기 위해선 내가 누군가의 아픔을 마음 다해 감싸 줘야 한다는 얘기다. 내가 좋아하는 말대로 슬픔이 슬픔을 구원한다.

그런데 차마 말 못했다. 그 고백남이 뇌종양이란다. 드라마 찍으라고 하기엔 이제 막 몸 추스른 후배에게 가혹한 일이다. 또 순애보가 쓰고 싶다고 써지는 것도 아니다. 끌리지도 않는 사람이랑 억지로 연애할 수는 없다. 다만, 고백남 문제를 떠나서 사랑에 대처하는 자세를 전향적으로 사유할 필요는 있다. 왜냐하면 서른 넘으면 연애 현역기간이 그리 길지 않다. 마음의 창을 활짝 열어 두어야 빛과 바람과 사람이 드나든다. 현실계에서 사랑의 감정을 작동해 보고 연애 감각을 키우는 훈련은 중요하다. 감성의 샘이 마르지 않도록 부지런히 펌프질 해 놓아야, 마음의 온도가 맞고 인식의 전류가 통하는 좋은 반려자를 만날 수 있다. 그래서 실은 후배에게 이렇게 말해 주고 싶었다.

"우리가 먹은 카페라테 거품처럼 부드럽고 치즈케이크처럼 촉촉하고 달달한 사랑을 기다리면, 사랑은 영원히 없다. 네가 누군가의 삶을 품고 응원해 주는 방법으로 건강한 사랑을 창조해 봐. 현실을 회피하고 관념으로 차단하면 기회는 점점 줄

어들어. 이혼한 사람, 아픈 사람, 돈 없는 사람을 사랑하면 힘들 거라는 건 어디까지나 '생각'이고 '추측'이고 '통계'야. 현실로 돌파해 보면 그 안에 다른 진실이 있을지도 몰라. 니체도 그랬 거든. '퇴화는 베푸는 영혼이 없는 그런 곳에서 일어난다'고. 모 든 사랑은 남는 장사다. 나는 이 명제 열렬히 지지한다."

한 사람은 끝없이 자기를 바닥으로 몰아간다

더 이상 가라앉지 않을 때까지

그녀는 대기중으로 그녀의 전부를 흩어놓고 싶다

아무것도 남지 않은 껍데기의 공허를 맛보고 싶다

사랑이 그녀를 밑바닥에 이르게 한다

그녀의 텅 빈 육체 안엔 이제까지의 그녀가 아닌 다른 영

혼이 심어진다

_ 이선영의 시 〈사랑하는 두 사람〉 부분

사랑은
그렇게
왔다…… 갔다

친구가 풀 죽었다. 여자친구가 갑자기 자기를 피한다고. 작년에 둘이 해외로 여행도 다녀왔으나 수년간 두 사람 연애사를 지켜본 바로는 위태로웠다. 이런저런 이별의 징후들을 터놓는데, 직감에 여친의 마음은 이미 돌아선 것 같았다. 나는 충고랍시고 일단은 먼저 연락하지 말고 인연의 흐름을 지켜볼 것을 권했다. 그랬더니 얼마 전 명품 가방을 선물해 줬다며 서운하고 분한 표정이다. 난 명품 가방이 한 백만 원 하는 줄 알았더니 그 서너 배라고 해서 놀랐다. 사귈 때는 월급 아니라 연봉에다 덤으로 심장이라도 끼워 줄 것 같다가 헤어지면 카드 할부금 걱정부터 하는 게 인간의 사랑이다. 혁명의 시간이 가고 나면 속물의 시간이 온다고 하지 않던가.

어쨌거나 나는 사랑 근본주의자로서 말할 수밖에 없었다. "정말 사랑하지 않나 보네. 그런 게 다 생각나는 걸 보니." 그가 멋쩍게 웃는다. 지리멸렬하게 관계를 이어 가는 커플들. 삶을 이끄는 것은 일상-습관이므로, 사랑-감정은 저만치 가 버렸어도 연인-생활은 가능하다. 착하고 성실한 사람일수록 오래오래 관계를 유지한다. "3년간의 사랑. 장하다. 자기동일성 해체와 타자의 수용이라는 강력한 사건은 사랑 아니면 힘드니까 복된 경험이라고 생각하렴."

"가을바람 타고 살랑대는 내 얘기 좀 들어 봐." 오밤중에 선배가 들떠 전화했다. "어제 동창모임에서 중3 때 좋아했던 남자애를 처음 봤는데, 너~무 멋지게 나이 들었더라. 우리 집이랑 정반대 방향인데 걔가 차로 데려다줬거든. 가슴이 떨려서 혼났어. 그리고 너, 그 애(선배의 옛날 애인) 알지? 글쎄 오랜만에 메일이 왔어. 장문의 편지로 서로 안부랑 결혼사진 주고받았거든. 근데 그 애가 나보고 미소가 그대로래. 그가 옛날에 나한테 즐겨 쓰던 표현이 있는데, 오랜만에 보니까 왜 이렇게 가슴이 설레니." 잔뜩 고양된 선배가 레알 영어로 말했다. "the smile which I loved……." 그 문구가 맘에 들어 나도 외웠다.

태엽 감긴 인형이 풀린 것처럼 선배의 수다는 계속되었다. "난 말이야, 사랑이 시작될 때의 그 느낌이 정말 좋아. 저 사람도 나를 좋아할까 궁금하고, 자꾸 거울을 보게 되고, 말 한마디에 가슴이 뛰고……." "알지. 그 살 떨리는 집중!" 우리의 사랑 뒷담화는 밤이 저물도록 이어졌다. 사랑에 대해 할 말 많은 계절. 사랑이 왔다 갔다 하는 분주한 가을.

1

사랑은 그렇게 왔다.
얼음 녹는 개울의 바위틈으로
어린 물고기가 재빠르게 파고들듯이
사랑은 그렇게 왔다.

    알 수 없는 차가움이
    눈을 투명하게 한다.

사랑은 그렇게 왔다.
발가벗은 햇빛이 발가벗은
물에 달라붙듯이
사랑은 그렇게 왔다.

    수양버드나무의 그늘이 차양처럼
    물을 어둡게 한다.

사랑은 그렇게 왔다.
(…)

2

사랑은 그렇게 갔다.
미처 못다 읽은
책장을 넘겨버리듯이
사랑은 그렇게 갔다.
(…)
_ 채호기의 시 〈사랑은〉 부분

네가 누구든
.... 얼마나
외롭든

직감이라는 것. 선천적인 부분도 있지만 나이 들면서 경험치에 비례해 발달하는 측면이 있다. 특히 고통 체험이 감각세포를 단련시키는 것 같다. 아픈 만큼 성숙해진다는 말도 있듯이 번뇌 그 후, 눈에 들어오는 세계는 넓고 깊어진다. 앞으로 죽을 고비를 넘긴 사람한테 가을날 단풍이나 밤하늘 둥근 달이 이전처럼 다가오지는 않을 것이다. 또 자아 붕괴의 통증으로 몸부림쳐 본 사람은 누군가의 표정과 말투에서도 고유의 느낌을 짚어내는 신통력을 발휘할 수 있다.

나름의 곡절을 겪으며 나도 철이 좀 들었을까. 지난주에는 선배한테 '아현동 철거 사진전'을 보러 가자고 문자 메시지가 왔는데 상황이 여의치 않으니 담에 가자고 하려다가 왠지 느낌이 이상해서 망설였다. 좀처럼 감정의 기복을 드러내지 않고 강인하며 냉철하기 이를 데 없는, 나하고는 종 자체가 다른 사람인데 그날은 문자만으로도 어떤 '흔들림'과 '갈망'이 읽혔다. 난 발목 잡는 일 더미를 제쳐 놓고, "너는 누구에게 한 번이라도 연탄이었느냐"를 읊조리며 나갔다.

아현동 사진을 휘리릭 보고 밥 먹고 차를 마시는데 언니가 무심히 말을 꺼냈다. 며칠 전에 자살하려 했다고, 그래서 일부러 친구들한테 연락해서 만나고 있다고 했다. 순간 소름이 쫙 끼쳤다. 언니는 한다면 할 사람 같아서다. 대학에 들어가자마자 1학년 때 운동하면서 만난 남편이 '약한 천성'에 '높은 이상' 주의자라서 언니의 삶은 지독히 고단하고 외롭고 힘겨웠다. 그럼에도 지난 20년 문사철(문학·역사·철학)의 여왕답게 여태껏 논술로 생계를 꾸리며 살아왔는데 지친 모양이다. 맨얼굴로 다녀도 보기 좋은 막강 동안이었건만 흰머리도 부쩍 늘었다. 길모퉁이에서 녹아 가는 늙은 눈사람 같았다. "여기서 나만 빠져나가면, 지들이야 알아서 살든 말든 다 끝날 텐데 하는 생각이 드는데, 충동을 억누를 수가 없었어." 나 같았으면 눈물 콧물 범벅이 되어서 얘기했을 텐데 말투가 지나치게 담담했다. "언니. 형부 잘라버려. 바람 같아서 끊기도 쉽지 않을 것 같은데 암튼…… 이제라도 좋은 사람 만나서 행복하게 살면 좋겠다." 나는 하나 마나 한 얘기만 중얼거렸다. 그래도 만나길 잘한 것 같다. 원래 강한 여자는 외롭다. 아픈 이들에게 입버릇처럼 말해 줘야겠다. 이제 착해지지 않아도 된다고. 네가 있어야 할 곳은 이 세상 모든 것들 그 한가운데라고. 네가 누구든. 얼마나 외롭든.

착해지지 않아도 돼.

무릎으로 기어다니지 않아도 돼.

사막 건너 백 마일, 후회 따윈 없어.

몸속에 사는 부드러운 동물,

사랑하는 것을 그냥 사랑하게 내버려두면 돼.

절망을 말해보렴, 너의. 그럼 나의 절망을 말할 테니.

그러면 세계는 굴러가는 거야.

그러면 태양과 비의 맑은 자갈들은

풍경을 가로질러 움직이는 거야.

대초원들과 깊은 숲들,

산들과 강들 너머까지.

그러면 기러기들, 맑고 푸른 공기 드높이,

다시 집으로 날아가는 거야.

네가 누구든, 얼마나 외롭든,

너는 상상하는 대로 세계를 볼 수 있어.

기러기들, 너를 소리쳐 부르잖아, 꽥꽥거리며 달뜬 목소
리로―

네가 있어야 할 곳은 이 세상 모든 것들

그 한가운데라고.

_메리 올리버의 시 〈기러기〉

그와
말하는 ⸺⸺
법을
잊어버렸다

우리가 첫 만남을 가진 날, 대화의 주제가 '첫사랑'이었다. 신천역 새마을시장 포장마차. 그는 첫사랑의 여자와 7년 연애 끝에 헤어졌으며 독신으로 살 거라고 말했다. 사랑하던 여자가 부모 의견에 따라 다른 데로 시집을 가버렸으니 혼자 살면서 지순한 사랑을 지키고 싶은 눈치였다. 근래 보기 드문 순정파 남자가 귀엽고 참신하게 다가왔다. 여자보다 남자가 더 편하고 커피보다 술이 더 좋았던 나는, 여러모로 '관계 진전'의 부담이 전혀 없는 그와 자주 만나고 있었다. 마셔도 취하지 않았다. 편안한 술친구로서 주거니 받거니 술병의 높이에 비례해서 돈독한 파트너십을 구축했다. 심지어 단둘이 일주일간 강원도 절로 여행을 가서도 해와 달이 된 오누이처럼 한방에서 도란도란 얘기만 나누었다. 해 뜨면 밥 먹고 공부했다. 레닌의《무엇을 할 것인가》와《강철군화》같은 책들을 읽고 토론했다. 손 한 번 잡지 않았기 때문에 아무 사이가 아니라서 그에게 못할 말은 없었다. 그렇게 두 해를 넘겼다. 우리의 이상한 우정은, 결혼과 동시에 이상하게 끝났다.

그와 더는 술을 마시지 않게 되었다. 가족의 배치 안에서는 알코올의 향이 달지 않았다. 그래서 우리는 신혼 때 서로에게 사기 결혼이라고 정의 내렸다. 술이 끊기자 말도 끊겼다. "술은 말의 예비자이며 말의 부피를 불리는 희한한 공기이다"라고 김현은 말했으되, 그와 말하는 법을 잊어버린 것은 당연했다. 아니 어쩌면 우리는 평생 나눌 얘기를 '우정의 기간' 동안 이미 나누었는지 모른다. 새삼 *그*가 궁금하지도 않았고, 다행히 그 역시 나에게 꼬치꼬치 묻지 않는다.

나의 니체에 대해 나의 눈물에 대해 그는 잘 모른다. 내가 공부하러 가는 날, 공연 보러 가는 날, 친구 만나는 날만 챙긴다. 아이들을 위해 일찍 귀가해야 하므로 안다. '능력에 따라 생산하고 필요에 따라 가져가는' 공산-부부라서 행복하다. 그가 나를 속속들이 알고자 했다면 난 조개처럼 침묵하지 못했을 것이다. 끝내 하지 않은 말 간직하지 못했을 것이다. 인간의 저마다의 감춰진 깊이를 가늠해 보지 못했을 것이다.

결혼을 한 뒤 그녀는 한 번도 자기의 첫사랑을 고백하지 않았다. 그녀의 남편도 물론 자기의 비밀을 말해 본적이 없다. 그렇잖아도 삶은 살아갈수록 커다란 환멸에 지나지 않았다. 환멸을 짐짓 감추기 위하여 그들은 헤아릴 수 없이 많은 말을 했지만 끝내 하지 않은 말도 있었다. 환멸은 납가루처럼 몸 속에 쌓이고, 하지 못한 말은 가슴 속에 암세포로 굳어졌다.

환멸은 어쩔 수 없어도, 말은 언제나 하고 싶었다. 누구에겐가 마음속을 모두 털어놓고 싶었다. 아무도 기억해 주지 않는다면, 마음놓고 긴 이야기를 할 수도 있을 것 같았다.
때로는 다른 사람이 비슷한 말을 해주는 경우도 있었다. 책을 읽다가 그런 구절이 발견되면 반가워서 밑줄을 긋기도 했고, 말보다 더 분명한 음악에 귀를 기울이기도 했다. 그러나 끝까지 자기의 입은 조개처럼 다물고 있었다.

오랜 세월을 끝없는 환멸 속에서 살다가 끝끝내 자기의 비밀을 간직한 채 그들은 죽었다. 그들이 침묵한 만큼 역사는 가려지고 진리는 숨겨진 셈이다. 그리하여 오늘도 우리는 그들의 삶을 되풀이하면서 그 감춰진 깊이를 가늠해 보고, 이 세상은 한 번쯤 살아볼 가치가 있다고 믿는다.

_ 김광규의 시 〈조개의 깊이〉

이곳의
혼돈이 ⋯⋯⋯
좋아요

이것이냐 저것이냐. 삶은 선택의 앙상블이다. 어떤 결정도 삶을 송두리째 바꾸진 않지만 그래도 매번 고심하게 된다. 선택이 어려운 까닭은 내 안에 머무는 것들, 내가 몸 비비고 사는 것들이 많아서일 게다. 존재가 곧 필연이고 나눔이거늘 무엇을 덜어 낼까. 내게 가장 난처했던 선택은 6년 전 일이다. 집을 반으로 줄여 이사하느라 면적에 맞게 가구를 선별해야 했다. 안방에는 장롱을 놓을까 침대를 놓을까. 거실에는 소파가 낫나 식탁이 낫나. 책꽂이냐 피아노냐. 이 문제로 도면을 그려 가며 수일을 고심했다.

　결국 장롱, 식탁, 피아노를 싣고 왔다. 자기만의 방이 없는 내게 거실은 주 무대였고 식탁은 작업대였다. 원형 디자인이 마음에 들어 거액을 주고 장만한 오래된 식탁. 거기서 아침 먹고 그릇 치우고, 책 보고 점심 먹고, 김칫국물 닦고 글 썼다. 식탁에 앉아 노트북을 두드리다가 부엌에서 부침개 끄트머리가 지글지글 타고 있으면 잽싸게 뛰어가 부침개를 뒤집고 와서 또 다음 문장을 써내려갔다. 나의 손과 노트북과 식탁과 가스레인지의 협응은 거의 묘기 수준에 이르러서, 부침개를 뒤집는 동안 아이디어가 반짝 떠올라 원고의 제목을 정하기도 했다. 그렇게 부산스럽게 준비한 저녁 먹고서 식탁을 정리하고는, 한쪽에 밀어 두었던 책과 노트북을 끌어와서 긴긴밤을 보냈다. 둥근 모서리에 배를 붙이고 앉아 아이에게 젖을 물리고 이유식을 먹였던 그곳에서, 나 역시 더운 밥덩이를 넘기고 매운 책뭉치를 삼키고 비린 언어들을 게웠다. 일명 생계형 글쓰기. 밥상에서 밥을 위한 글을 쓰면서 나는 밥의 절실함과 서러움을 배웠다.

쓰러진 것들이 쓰러진 것들을 위해서 운다는 말처럼 배 곯고 아픈 것들이 더 잘 눈에 들어왔다. 나의 반려가구인 그 원형 식탁. 의자 한 개는 삐걱거려 두꺼운 테이프로 붙여 가며 버티다가 결국 버렸다. 다른 하나는 쿠션이 푹 꺼졌다. 멀쩡한 의자가 두 개뿐이다. 식탁도 다리 쪽 부품이 빠져서 살짝 괴었다. 15년 만에 늙고 병들었다. 이제는 한계상황에 다다랐다고 판단하여 직사각형 식탁을 구입했다. 그런데 동그란 식탁을 내 손으로 차마 버리지 못하고 있다. 회장님 저택도 아니고 20평형 좁은 집에 식탁이 두 개다. 영화나 소설에서 두 남자와 한 여자의 동거는 더러 나오지만, 두 식탁과의 동거는 없던 설정이다. 이 난감한 상황은 정신보다 몸이 극복해야 하는 문제였다. 미로 찾기가 되어버린 공간을 식구들은 아랫배에 힘주고 몸을 길게 늘여 연필심처럼 날렵하게 지나다녔다.

　몇 해 전 남편과의 불화 국면에서 식탁은 종종 눈물의 씨앗이 되었다. "밥 먹는 곳에 책 좀 늘어놓지 말라"는 그의 말이 그렇게 싸늘하고 서러울 수가 없었다. 식탁이면서 식탁이 아니기도 했던 모호함이 나에겐 숨구멍이었지만, 정리벽이 있는 그에겐 매끈히 정리해야 할 간척지였다. '식탁의 난'은 남편이 내 생일선물로 책상을 사 주면서 종료되었다. 그리고 지금 그가 다시 묻는다. 이 동그란 식탁을 언제까지 이렇게 두려 하냐고. 한층 협조적이고 다감한 어조이지만 울컥했다. 서러움과 서글픔. 어쩌자고 나무토막에 살붙이 같은 정이 들어버렸는지 이 마음을 나는 설명하지 못했다. 최승자 시인의 말대로 "나의 존재를 알리는 데는 이 울음이라는 기호밖에 없"는가. 이 혼돈과 불편, 비합리와 비효율의 상황을 설득할 수 없었다.

　긴박한 궁리로 보내기를 사흘. 시 세미나를 마치고 집에 가는 길에 딸아이가 들뜬 목소리로 전화했다. "엄마! 동그란 옛날 식탁 버리지 않아도 되게 아빠랑 잘 옮겨 놨어!"

이 틈이 좋아요
내 살과 당신의 살 사이, 서로 다른 육즙의 신선한 향내
뭍으로도 가고 바다로도 가는
여기는 시들지 않는 신접살림이 바람개비처럼 까불거
리죠
이쪽이기도 하고 이쪽 아니기도 한, 소슬한 틈새의 배갯
머리에서
시간이 숨구멍처럼 휘는 이곳의 혼돈이 좋아요

_ 김선우의 시 〈뻘에 울다〉 부분

내 생을 담은
한 잔 물이
잠시 흔들렸을 뿐이다

한동안 혼자 살고 싶어서 지독한 몸살을 앓았다. 결혼생활 10
년이 지나면서 예기치 못한 사건이 닥쳤다. 증권회사에 근무하
던 남편이 고객과의 분쟁을 해결하느라 집 담보대출을 받았다
는 것을, 사건이 벌어지고 3년이 지나서야 알았다. 가정경제가
무너지는 줄도 모르고 나는 초등학교에 입학한 첫아이와 갓 태
어난 둘째 아이의 육아 집중기를 통과했다. 심신이 지쳐 있던
나는, (지금 생각하니) 죄의식에 날로 피폐해져 가는 남편과 마찰
이 잦았다. 그리고 불행의 드라마는 1부작으로 끝나지 않았다.
2년 후, 남은 사건의 불씨까지 제거하고 나자 집안의 돈도 삶
의 에너지도 남편에 대한 신뢰도 모조리 바닥났다. 나는 인간
에 대해 깊이 회의했다. 의리와 순정은 효력을 다한 것처럼 여
겨졌다. "결혼은 삶의 오물통과 마주하는 일"(울리히 벡)이라고
밖에 해석할 수 없었다. 바람은 오직 한 가지. 내 눈앞에 사람이
아무도 없었으면 했다. 이혼이 목적이라기보다 독립이 화두였
다. 남편과 자식까지, 내 몸보다 큰 배낭 세 개쯤 짊어지고 사는
그 지겨운 생활을 청산하고 싶어 애가 끓었다.

　시부모님에게 양해를 구하는 편지를 드렸다. 나에게 미운

남편이라도 그분들에게는 귀한 자식이니 이해해 주십사 청했다. 남편과 잠시 떨어져 지내기로 했다. 어느 날 아침, 그는 아들에게 "아빠 없어도 엄마 말씀 잘 들어라"라는 진부하기 짝이 없는 신파적인 대사를 남기고는 현관문 뒤로 사라졌다.

그렇게 일주일이 가고 이주일이 흘렀다. 남편의 부재는 생각만큼 홀가분하지 않았고 나의 마음도 기대만큼 개운하지 않았다. 남편이 출장 가는 직업이 아니라서 연애기간 포함하면 어른이 되고부터 내내 붙어 살았다. 그 없이 살려니까 불편했다. 지방 취재가 잡힐 때면 더러 아쉽기도 했다. 특히 아이들이 문제였다. 아들은 말수가 줄고 풀이 죽어 지냈다. 별거라고 말하기 민망한 짧은 기간. 한 달 후 다시 남편은 귀환했다. 가라니까 갔고 오라니까 왔다. 그것이 그가 나를 사랑하는 방법이다. 자기 앞가림에 서툴지언정 언제나 내 뜻대로 살게 한다.

결혼도 이혼도 인연을 쓰는 한 방편일 뿐이다. 플라톤의 말대로 무엇이든 그 자체 단독으로 아름답거나 추하지는 않다. 그것을 아름답게 만드는 것은 실천의 미고, 그것을 추하게 만드는 것은 실천의 비열함이다. 이혼도 그런 것 같다. 비열한 이혼도 아름다운 이혼도 있다. 그러니 권장할 일도 배척할 일도 아니다. 삶 전체를 위한 합리적인 골격을 짜는 하나의 과정이고 아픈 선택일 뿐이다. 삶의 어느 국면에서 생을 담은 물이 심하게 흔들리는 것. 단지 그것뿐이다.

사람 떠나고 침대 방향 바꾸었다
내가 할 수 있는 일은 그것뿐
이불과 베개 새것으로 바꾸고
벽으로 놓던 흰머리 창가로 두고 잔다
밤새 은현리 바람에 유리창 덜컹거리지만
나는 그 소리가 있어 잠들고
그 소리에 잠깬다, 빈방에서
적막 깊어 아무 소리 들을 수 없다면
나는 무덤에 갇힌 미라였을 것이다, 내가
내 손목 긋는 악몽에 몸서리쳤을 것이다
먹은 것 없어도 저녁마다 체하고
밤에 혼자 일어나, 열 손가락
열 발가락 바늘로 따며
내 검은 피 다시 붉어지길 기다린다
이별은 언제나 예고 없이 온다는 것을
어리석은 사람은 어리석어 잊고 산다
어리석어 내 생을 담은 한 잔 물이
잠시 심하게 흔들렸을 뿐이다
단지 그것뿐이다

_정일근의 시 〈그 후〉

나는 ....
오해될 것이다

작년에 남편이 이름을 바꿨다. 탈 난 과거와 결별하고픈 의지가 컸나 보다. 개명 절차가 간소화되어 30분도 채 걸리지 않았다며 낯선 이름이 적힌 주민등록등본을 보여 줬다. 나는 좋게 생각하여 김해경이 소설가 이상으로 탈주했던 것과 같은 심정이려니 이해해 줬다. 옆 동네로 고등학교 친구가 이사 와서 오랜만에 반 친구들이 모였다. 늦게 갔더니 서로 손톱에 금가루 바르는 네일아트를 하면서 성형수술 견적 얘기에 열중하고 있었다. 눈·코 수술과 치아교정은 기본이라며 온갖 첨단 정보를 교환했다. 금융업계 핵심 인재로 성장한 동창 아무개는 대학원 졸업으로 학력 세탁을 마쳤고, 그래서 여상(여자상업고등학교) 나온 사실을 동료들이 모른다고 했다. "과거가 불우했다고 지금 과거를 원망한다면 불우했던 과거는 영원히 너의 영역의 사생아가 되는 것이 아니냐"는 전태일 어록이 떠올랐다.

며칠 후, 조금 다른 의미의 변신을 꿈꾸는 스물두 살 친구가 고민을 터놓았다. 어딜 가나 서울대생 프리미엄이 붙는데, 불편하면서도 그걸 은근히 누리게 되더란다. 그런 삶에 젖어 들까 봐 겁나고, 자기를 규정하는 것이 고작 대학 이름밖에 없다는 게 말이 안 되므로 학교 이름을 어떻게 벗어버릴 것인가, 어떻게 나의 존재를 증명할 것인가, 그것을 이십 대의 과제로 삼았다고 말했다. 생의 거품을 제거하는 방식이든 생의 금칠을 덧입히는 방식이든, 저마다 나답게 잘 살기 위한 몸부림이 치열하다. 학벌, 가족, 직급, 재산 등을 제외한 나머지 그 실재를 열망하거나, 이름과 얼굴을 바꾸면서 과거 청산을 도모하거나, 기민한 태도로 이익을 챙기거나, 그런다. 연예인만이 아니라 주변에서도 자기를 지우고 바꾸고 숨기고 갱신한다. 남루한 혹은 지루한 생을 리모델링하는 그 힘들이 놀랍다. 인생이라는 책에서 한 페이지만 찢어 낼 수 없다고 생각했었는데 잠시 헷갈린다. 어지럽고 어리둥절하다. 그들의 변신 욕망이 어떤 가치를 낳는지를 물어야 할 것이다. 자기를 억압하느냐 해방하느냐.

하나는 분명해 보인다. 묵묵한 살아냄보다 무구한 조작이 우세할수록 삶은 꼬인다는 것. "나는 오해될 것"이고 "결국 나는 나를 비켜 갈 것"이라는 사실이다. 삶은 명사로 고정하는 게 아니라 동사로 구성하는 지난한 과정이다. 그렇기 때문에 일생을 오해받을지라도 순간의 진실을 추구하고, 주어진 과업을 수행하며 살아갈 때만 아주 미미하게 조금씩, 삶은 변하는 거 같다. 살면서 빼앗겨서는 안 되는 것들은 이름, 감각, 느낌, 음악, 이야기…… 나에게 존재를 위해 금가루 뿌리는 일이란 음악이 내미는 손 잡는 것, 다정하게 이름을 불러 주는 것, 느낌을 나누는 것. 그리 호사 누리며 살기로 한다.

나는 오해될 것이다. 너에게도
바람에게도
달력에게도.

나는 오해될 것이다. 아침 식탁에서
신호등 앞에서
기나긴 터널을 뚫고 지금 막 지상으로 나온
전철 안에서
결국 나는
나를 비켜갈 것이다.

_이장욱의 시 〈오해〉 부분

오래
고통받는 사람은
.... 알 것이다

할 말 못할 말, 들을 말 못 들을 말. 찬란한 말, 쓰라린 말, 참담한 말, 간절한 말, 희미한 말, 비정한 말, 흔드는 말, 지독한 말, 다정한 말. 사는 동안 숱한 말의 숲을 통과한다. 도무지 그 말이 어려워 서성이기도 했고, 그 말에 채여서 주저앉기도 했고, 그 말이 따스해 눈물짓기도 했다. 그렇게 추억이란 말의 기억이다. 그리고 어느 시인의 말대로 모든 흔적은 상흔이다. 완전한 제거는 없다. 누렇게 곰팡이 슨 말들과 소화되지 않은 말들을 껴안고 한평생 살아간다. 가끔 텅 빈 몸에서 말의 편린들이 덜컹거리면, 외로운 몸뚱이 안에서 들려오는 그 인기척이 반갑기까지 하다. 어느새 정이 든 게다.

　바람이 스산하게 불어오니 점쟁이의 말이 떠오른다. 역술인 혹은 무속인. 신의 대리자를 자처하는 그들로부터 여러 말을 들었다. 어른이 되고부터 내 의지와 상관없이 점 볼 기회가 많았다. 먼저 결혼을 앞두고 거의 스무 군데 정도 본 거 같다. 시어머니께서 궁합이 좋지 않다며 결혼을 반대하셨다. 그래도 남편이 완강히 버티자 점집 순회가 시작되었다. 이것은 인디언이 기우제를 지내는 방식과 같았다. 인디언이 기우제를 지낼 때마다 비가 오는 것은 비가 올 때까지 기우제를 지내기 때문이다. 시어머니도 점쟁이 입에서 좋다는 말이 나올 때까지 점집을 전전하셨다. 나와 남편의 사주는 당시 TV에 출연할 만큼 용하다는 점쟁이에게 전부 들어갔다고 보면 된다.

'나'라는 동일인의 사주팔자임에도 점집마다 상이한 해석이 내려졌다. 이를 보다 못한 남편이 점쟁이의 소견을 엑셀로 도표화해서 어머니에게 제시하고 논리적 모순점을 따지기도 했다. 그 표를 나도 봤는데 기분 묘했다. 특히 '결혼 두 번 할 팔자'와 '명이 짧다'는 점괘가 눈에 들어왔다. 결혼하면 1년 안에 헤어진다고 했다. 혼인신고서에 잉크도 찍기 전에 예고된 이혼선고도 황당했지만 일찍 죽는다는 것은 더욱 실감 나지 않았다. 일찍이 몇 살일까. 서른 살? 쉰 살? 죽음은 언제나 너무 빠른 죽음만 있는 건데. 정말이지 〈마흔 살까지만 살고 싶어요〉라는 영화라도 찍고 싶었다. 뭐라도 이루고 죽어야 '요절'이 될 텐데 준비 없이 이대로 살다가 죽으면 그냥 '사망'이라고 생각하니 허탈했다.

한차례 점집 소동을 겪고 소강상태로 몇 달을 보냈다. 어느 날 시어머니는 다른 점괘를 가져와서 결혼을 서둘렀다. 왕십리의 유명한 역술인 왈, 내가 돈복이 많다며 결혼시키라고 했다는 것이다. 우여곡절 끝에 결혼식을 올렸다. 결혼이란 중대사는 이성의 통제하에 진행되지 않는다. 결혼은 우발과 비약의

힘으로 이뤄진다. 이미 도달한 사건의 형태로 다가온다. 어쨌든 큰 돈복도 큰 불화도 없이 살았다. 한 해 두 해 지날수록 점괘의 허구성이 드러났다. 어머니는 점쟁이의 말을 점점 믿지 않게 되었다. 해마다 신수를 보러 가는 발걸음도 점차 뜸해지셨다. 정초에 점 보러 안 가시느냐고 여쭤보면 이렇게 답하셨다. "보면 뭐 하니. 맞지도 않는데."

　삶은 지속되었다. 시효가 다한 줄 알았던 10년도 넘은 점쟁이의 말. 이혼과 단명을 상기시키는 일들이 발생했다. 다 떼 놓고 홀로 살고 싶은데 그럴 수가 없어 몸부림치던 괴로운 밤이면, 온몸이 바닥을 뚫고 지하의 암흑으로 빠져드는 것 같은 무서운 밤이면 점쟁이의 말이 의식의 수면 위로 떠올랐다. 날이 밝고 달이 가고, 살림을 줄여 이사를 가고 엄마도 잃었다. 난 늙은 고아가 되어버렸다. 적어도 주변에 그렇게 보였나 보다. 아는 언니가 '좋은 무속인'이 있다며 한번 가 보라고 권해 줬다. 내게 허튼 일을 시키기에는 너무 사려 깊은 선배였다. 언니는 자기가 지인의 소개로 그 점쟁이에게 난생처음 점을 봤는데 신통하다고 했다. 복채도 형편껏 알아서 내면 되는 믿을 만한 사람이라고, 공부가 깊은 사람이니 부담 없이 인생 상담 차원에서 얘기나 듣고 오라고 했다.

　점집 가는 날. 바람에 잔가지 웅성대고 태양은 따가웠다. 눈부심을 피해 땅에 고개를 떨어뜨리고 걷는데 수많은 생각이 머릿속에 교차했다. 무슨 얘기를 한담. 소낙비를 맞고 나면 우산이 필요 없다. 나는 미련이, 욕망이 없었다. 궁금한 것도, 필요한 것도, 지키고 싶은 것도 없었다. "이 괴로움이 언제나 끝날까요?"라고 물어봐야 하나. 한편으로 약간 두렵기도 했다. 병원이 아닌 곳에서도 시한부 선고가 내려진다는 걸 이미 알고 있으므로. 그래서 후배를 데리고 갔다. "나 무서우니까 같이 가 주라."

육교 아래 초등학교 앞에서 전화를 했더니 무속인의 제자가 나와서 우리를 구불구불한 골목길로 데려갔다. 현관에 들어서자 점집 특유의 을씨년스러운 분위기가 전신을 슬며시 죄어 왔다. 원래 해석하는 자가 권력자다. 내 운명을 풀어내는 그 말씀 앞에서 나는 납작 엎드릴 수밖에 없었다. 잔뜩 위축된 목소리로 생년월일시를 말했다. 곧이어 한 달 전에 엄마가 갑자기 돌아가셨고 아는 언니가 가 보라고 해서 왔다고 얼버무리는데, 순간 닭똥 같은 눈물이 후두둑 떨어졌다. 옆에 있던 후배가 내 손을 가만히 잡았다. 그 뒤로 아무 말도 할 수 없었다.

그는 하얀 종이에 무언가를 계속 써내려갔다. 두 가지 중요한 얘기를 들었다. 그중 하나가 줄초상이 난다는 것이었다. "줄초상이 뭔가요?" 숨죽이던 나는 고개를 들어 입을 뗐다. 가까운 사람이 더 돌아가신다는 얘기였다. 통상 3년 이내에 초상을 또 치르면 그게 줄초상이랬다. 그것을 막기 위해서는 굿을 하라고 했다. 굿이라니. 전혀 예상치도 못한 일이었다. 비용이 최소한 육백만 원 정도랬다. 이야기가 어떻게 마무리되었는지 거길 어떻게 나왔는지 기억이 지워졌다.

어차피 선택권은 내게 없었다. 육백만 원이 없었다. 난 내가 돈이 그렇게 없는 줄을 몰랐다가 그날 알았다. 갑자기 아이가 아파도 병원 갈 돈도 없겠다는 사실도 처음 알았다. 서글프고 막막했다. 저녁에 그곳을 소개시켜 준 언니에게 결과를 묻는 전화가 왔다. "굿하라는데……." 언니가 깜짝 놀랐다. 장삿속으로 그런 말할 사람이 아닌데 꽤나 심각한 모양이라고 걱정했다. 이틀 후 언니가 집으로 찾아왔다.

"예전엔 굿을 하면 그거 준비하는 것만으로도 일흔 집을 먹여 살렸대. 떡이랑 과일이랑 물품이랑 여러 가지가 많이 필요하잖아. 일흔 집에 네 식구만 해도 이백팔십 명이잖니. 굿을 해서 그렇게 보시를 베풀면서 자기의 업보를 푸는 의미도 있는 거라더라. 그 뜻을 새기는 게 중요한 거 같아."

굿의 의미를 이해하자 마음이 한결 편해졌다. 언니는 엄마 사진을 한 장 달라고 했다. 종교가 없는 언니는 우리 엄마를 위해 100일간 기도를 해 주겠다고 했다. 아무 말도 들리지 않았지만 고마웠다.

그러나 나는 어쨌든 살아야 했다. 우박이 쏟아지든 산사태가 일어나든 밥 짓고 빨래하고 살아갈밖에 달리 방법이 없었다. 나는 삶 외부에서 초월적으로 존재하는 신이 아닌 나의 하루를 모셔야 했다. 나에게 닥친 우연에 저항하지 말고, 운명을 회피하지 말고, 삶의 요청을 수용하기로 했다. 적어도 이백팔십 명과 따뜻한 밥 한 끼는 나누자는 의무를 나에게 지우고서……

얼마나 시간이 흘렀을까. 나의 허물어진 어깨를 훑고 가던 쓸쓸한 바람이 다시 분다. 긴 강을 건넌 기분이 든다. 다행히 줄초상은 나지 않았다. 사실 '굿'이라는 풀지 못한 숙제를 안고 살아가는 3년 동안 문득 조마조마했다. 그럴 때마다 280인분의 거룩한 식사를 생각했다. 나의 삶이 누군가에게 빚지고 있다는 사실이 뜨겁게 자각되었다. 삶을 옹호하는 본능일까. 주위에 더 눈길을 돌리고 더 아우르며 마음 다해 살 수 있었다.

내게 삶은 여전히 어렵지만 그런 난해함을 삶의 일부로 껴안고 살아간다. 또다시 내 앞에 물살 깊은 긴 강이 놓일 수 있다는 것을 긍정하면서 말이다. 돌이켜 보면 그 점쟁이의 말은 충분히 불우했으되 나의 몰락과 미망彌望을 도와준 바람의 말이었다고 말하게 된 지금에서야, 과거도 얼마든지 바꿀 수 있다고 말한 니체의 말을 내 것으로 삼는다.

오래 고통받는 사람은 알 것이다
지는 해의 힘없는 햇빛 한 가닥에도
날카로운 풀잎이 땅에 처지는 것을

그 살에 묻히는 소리없는 괴로움을
제 입술로 핥아주는 가녀린 풀잎

오래 고통받는 사람은 알 것이다
그토록 피해다녔던 치욕이 뻑뻑한,
뻑뻑한 사랑이었음을

소리없이 돌아온 부끄러운 이들의 손을 잡고
맞대인 이마에서 이는 따스한 불,

오래 고통받는 이여
네 가슴의 얼마간을
나는 덥힐 수 있으리라

_이성복의 시 〈오래 고통받는 사람은〉

살림만
미워
했다

장마가 소강상태다. 비가 벌써 그립다. 장마는 싫어도 비는 좋은데. 아쉽다. 생활인이 되고서는 긴 비가 원망스럽다. 이유는 빨래가 마르지 않기 때문이다. 특히 여름철에는 땀을 많이 흘려 옷이며 수건이 하루에도 몇 장씩 나오는데, 비가 오면 빨래가 마르지 않고 말라도 눅진눅진하여 영 불쾌하다.

며칠 전에는 하는 수 없이 빨래를 세탁기에서 꺼내자마자 다림질을 했다. 하얀색 파란색 돌 기념 창립 기념 수건들, 나이키 특가전에서 사온 아들내미 티셔츠들, 큰 인형옷 같은 딸아이의 작은 팬티들, 나의 블링블링한 민소매 티, 남편이 교복처럼 즐겨 입는 감색 바지, 어시장의 생선처럼 셀 수 없이 늘어선 검고 하얀 양말들. 그것들 위를 다리미가 스윽 미끄러질 때마다 뜨거운 김이 모락모락 피어났다. 마치 내가 다림질의 달인이라도 된 기분에 빠졌다. 물기가 빠지고 온기를 머금은 따뜻한 느낌이 좋아서 양말을 들어다가 뺨에도 대 봤다. 장마철에 빨래가 보송보송하게 마를 생각을 하니 모처럼 다림질이 재밌고 보람찼다.

신혼 때는 가사노동 중 다림질이 가장 고역이었다. 특히 와이셔츠. 팔을 다리면 몸통이 구겨지고 왼쪽을 다리면 오른쪽에 모질게 금이 갔다. 들었다 놨다 엎었다 뒤집었다 반복하느라 30분에 겨우 한 장을 완성했다. 여름에는 미칠 노릇이었다. 속에서는 열불 나고 날씨는 푹푹 찌고 다리미는 뜨거우니 삼중 입체 열기 시스템이 따로 없었다. 요즘은 세탁소에서 와이셔츠 세탁 서비스를 제공하는데 "990원의 자유"라는 포스터가 걸려 있다. 무려 '자유'다. 프랑스혁명의 슬로건, 자유·평등·박애의 그 자유. 와이셔츠 다림질이 얼마나 인간 본성을 억압하는지 알 수 있는 대목이다. 암튼 "와이셔츠는 지옥에나 떨어져라" 하며 온갖 악담을 퍼부었던 나였건만 지금은 이리도 신사임당 같은 자애로운 표정으로 다리미를 잡게 될 줄이야.

한편 다림질이 좀 아깝기도 했다. 이렇게 다려 놓아도 어차피 샤워하고 몸 한 번 닦으면 수건은 10초 만에 다시 물기를 먹을 테고, 아들내미 농구 한 판 하고 오면 옷이 또 소금기에 푹 절어 잘 벗겨지지도 않을 것이고, 딸내미 놀이터에서 돌아오면 흙먼지로 코팅된 분홍 바지가 그대로 세탁기로 직행할 텐데 싶으니 말이다. 그렇게 따지면 밥도 스물네 시간 이내 곧 똥이 되고, 청소도 아침에 하면 저녁에는 뒤죽박죽 난장판이 되고, 반찬도 식구대로 젓가락 몇 번 지나가면 사라지니, 살림 치고 허무하지 않은 게 없다. 살림은 밑 빠진 독에 물 붓기이며 독일의 어느 사회학자 말대로 "바다 한복판에서 걸레질하는 것이나 마찬가지"다.

어디 살림만 그러겠는가 싶다. 삶은 그 자체가 낭비다. 책 한 권을 어렵사리 읽어도 돌아서면 내용을 까먹지 않던가. 두툼한 책 한 권에서 단어 하나 내 것으로 만들기가 어렵다. 수학도 몇 번을 풀어야 자신 있게 답을 쓴다. 수년간 다달이 부은 보험금을 해약하면 푼돈만 남는다. 사는 게 총체적으로 낭비라는 걸 인지하지 못할 때는 살림만 미워했다. 살림이, 정확히 가사노동이 지겹고 하찮게 느껴져서 제발 집안일 안 하고 살길 간절히 염원했다. 지금은 아니다. 좀 나아졌다. 콩나물을 다듬고 깻잎을 씻고 쌀을 씻으면서, 땅에서 난 그것들을 만지면 마음이 순해지고 위로를 얻는다. 바닥 구석구석에 어질러진 머리카락을 쓸어 담으며 헝클어진 번뇌를 같이 모아 버린다. 떨어진 단추를 달고 터진 솔기를 꿰매면서 벌어진 마음의 틈을 메운다. 해 드는 오후 마루에 앉아 빨래를 반에서 반으로 접으며 미련과 회한을 접는다. 날 괴롭히는 것이 날 철들게 한다더니 살림이 그렇다.

온전한 순결이 아니고서야

어찌 그대를 다 닦겠는가

더러워진 방

팍팍 문질러 훔치다보면

그대를 내가 닦는 것인가

나를 그대가 닦는 것인가

후줄그레한 걸레의 물기에 어른거리는

세월이여, 조각난 마음이여

_ 이재무의 시 〈걸레질〉

꽃보다
집요한 냄새를
피우기
까지 ....

나의 화장대 세간은 단출하다. 스킨과 로션, 영양크림, 비비크
림 정도. 가끔 아이크림이나 향수도 끼어 있다. 입국자들에게
선물 받은 건데 끝까지 써 본 적이 없다. 성의가 고마워 간직하
다가 유통기한이 한참 지나고서야 쓰레기통에서 서글픈 최후
를 맞게 했다. 그래도 아이크림은 사용률 50퍼센트를 상회한
다. 향수는 거의 0퍼센트다. 그런 나에게 사보 일을 하면서 친
해진 모 기업의 홍보실 직원이 향수를 선물했다. 작은 부탁을
들어줬더니 고마움의 표시로 줬다. 역시 화장대에 진열해 두
길 두어 달. 하루는 이런 추세라면 또 버리게 될까 봐 아까워서
한번 써 보자고 마음먹고는 뿌려 봤다. 음. 향이 은은했다. 산
뜻하고 삼삼했다. 그 후, 화장대 위에 놓인 투명한 고것이 어쩌
다가 눈에 띌 때면 반가운 맘에 콧노래 흥얼거리며 칙칙 좌우
1회 분사하고 허공에서 실비처럼 내리는 향수 입자를 기꺼이
맞곤 했다.

지난달 즈음. 외출하는 길에 제과점에 들렀다. 빵을 사고는
지갑을 찾느라 한참을 서서 옷과 가방을 뒤적거리는데 점원이

묻는다. "아, 이 향수, 무슨 향수죠? 우리 엄마가 좋아하는 향수였는데……." 그 순간 쥐구멍에 숨고 싶었다. 향수를 너무 과하게 뿌렸나 염려되어서다. "버…버…리 향수요." 죄진 사람마냥 더듬더듬했다. 그러고는 "냄새가 거기까지 나요? 향이 독한가요?" 물어봤더니 그녀는 아니라고 손사래를 쳤다. 엄마가 이 향수만 썼는데 오랜만에 맡아서 좋았단다. 휴우. 나는 안도의 숨을 내쉬었다. 근데 지금은 그녀의 엄마가 안 계신 걸까. 뭔지 모를 민망함과 쓸쓸함에 제과점을 황급히 빠져나왔다.

그리고 월요일. 또 오랜만에 향수비를 맞았다. 저녁에 수유 너머 연구실에서 세미나 하는데, 옆자리 선생님이 말을 건다. "나 이 향수 좋아하는데. 브랜드가 뭐였지?" 난 또 책상 밑에 기어들어가고 싶었다. 연구실은 화장이나 향수를 바르는 사람이 거의 없고, 옷차림도 티셔츠에 청바지가 전부인 검소한 분위기다. 지금은 좀 나아졌지만 연구실에 처음 갔을 때 느낌은 수도원 같았다. 그러니 향수 냄새 풀풀 풍기고 다니면, 고요한 산사에서 하이힐 소리 또각또각하고 다니는 것처럼 좀 남사스러운 일이다. 아침에 뿌렸는데 아직도 향수 냄새가 나는 건지 행여 불쾌감을 준 건 아닌지 당황스러웠다. 그분은 다행히 향수에 얽힌 예전 추억이 떠오른다며 입가가 미소로 젖어 들었다.

한때는 향수 냄새가 불편했다. 심지어 머리도 지끈지끈 아팠다. 짙은 화장과 짙게 향수 뿌리고 다니는 사람을 외화내빈이라며 은근히 얕봤다. 헌데 한 해 두 해 살면서 자기중심적 세계에서 벗어나 다양한 측면을 경험하니까, 차츰 향수도 향기로 다가왔다. 내가 향수 뿌리는 여자가 될 줄은 몰랐다. 아울러 그 향수가 누군가의 기억 작용을 일으킬 줄은 진정 예상치 못했다. 아무래도 나는 '내면에서 우러나는 향기는 진짜, 외부에서 덧입혀진 향수는 가짜'라고 여겼던 듯싶다. 그렇지만 원래부터 진짜와 가짜는 없다. 플라톤의 이데아론처럼 절대적 진리는 저 세계에만 존재하고 현실세계는 가짜라는 식의 이분법적 세계관은 발 디딘 현실을 부정하게 한다. 휠체어와 인공관절도 신체 기능을 도우면 그게 진짜 다리이고 뼈가 아니겠는가. 대립 구도로 세상을 감각하면 절반은 놓치는 것 같다.

향수에게 배웠다. 향기로 말을 걸어 존재의 변화를 일으키면 그것이 그 순간 진짜다. 기성품 향수가 내면의 향기가 못하는 일을 하기도 하지 않나. 사랑은 가도 향기는 남는다. 향수든 체취든 냄새는 그 자체로 물고 늘어지는 사랑이었다. 아직도 사분의 삼은 족히 남은, 뭇사람들의 기억을 복원시키는 나의 똑똑한 향수. 정성껏 써야겠다. 누군가는 그 향수를 통해 사랑을 호흡할 터이니.

사랑이 고통일지라도 우리가 고통을 사랑하는 까닭은
고통을 사랑하지 않더라도 감내하는 까닭은
몸이 말라 비틀어지고
영혼이 꺼멓게 탈진할수록
꽃피우지 못하는 모과가 꽃보다 지속적인 냄새를 피우기
때문이다

꽃피우지 못하는 모과가
꽃보다 집요한 냄새를 피우기까지
우리의 사랑은 의지이다
태풍이 불어와도 떨어지지 않는 모과
가느다란 가지 끝이라도 끝까지 물고늘어지는 의지는 사
랑이다

오, 가난에 찌든 모과여 亡身의 사랑이여!
_ 김중식의 시 〈모과〉

생의 시기마다
필요한
.... 옷이
있다

1년에 0.5킬로그램씩 꾸준히 자연 증가세를 보이는 몸무게에
비례해 못 입는 옷의 중량도 늘었다. 옷 아니면 살. 둘 중 하나
는 버려야 한다. 옷은 쉽고 살은 어렵다. 결단의 순간에는 아무
래도 만만한 쪽을 택하게 된다. 체형의 변화를 감당하지 못한
의류 정리를 단행했다. 수년간 서랍에서 잠자던 옷가지를 추렸
다. 빛바랜 옷들이 무지개떡처럼 층층이 쌓였다. 그것들을 보
노라니 잠시 추억이 회오리쳤다. 처음 사서 쇼핑백에 담아 올
때는 금지옥엽, 입을 때는 김칫국물 묻을까 봐 조심조심, 보관
할 때는 드라이클리닝 비닐에 고이 간직. 그래 봤자 버릴 때는
다 똑같다. 각각의 고유성과 개별성은 사라지고 일괄 폐기 처
분한다. 연심의 변심. 그 요란한 과정을 묵묵히 당해야 하는 옷
의 입장에서는 황당할지도 모르겠다. 멋쩍고 미안해도 안녕은
안녕. 아파트 앞 대형 우체통처럼 생긴 의류함 입구에 옷을 투
입하니 우르르 퉁퉁 떨어진다. 짧은 울음 같기도 하다. 투명한
생물성의 울림. 인연이 멸하는 소리.

　일요일 아침 일찍 전화가 왔다. 비통한 어조. 후배가 남자친

구랑 헤어졌다고 한다. 부부보다 더 오래 살 것 같은 짝이었다. 이혼보다 더 충격으로 다가온 소식을 들은 나의 첫마디. "너 밥은 먹니?" 못 먹어서 살이 6킬로그램이나 빠졌단다. 역시 체중 감량에는 마음고생만 한 게 없다. 사람이 나간 자리만큼 몸도 비워진다. 왜 헤어졌는지 이유를 들었다. 그녀는 몇 가지 사건과 신상의 변화를 언급한다. 남자의 이기심에 질렸다, 생일인데 문자도 안 온다, 어떻게 그럴 수가 있느냐는 원망과 회한의 말들을 소나기처럼 퍼부었다.

시점과 시제의 이탈, 논리의 비약이 더해진 이야기. 조금 헷갈렸다. 원래 이별한 사람은 문법에 맞게 이야기하지 않는다. 김수영 시인의 표현을 빌려 말하자면 "삶은 계란의 껍질이 벗겨지듯 묵은 사랑이 벗겨질 때" 발생하는 왜곡과 혼란과 과잉의 정서가 바로 슬픔의 실체다. 내가 아는 후배의 남자친구는 진중하다. 나로서도 지금 상황이 믿기지도 이해되지도 않았지만, 일단 그 애가 남겨진 것은 사실이므로, 남자들이란 자기밖에 모른다, 정말 너무하다고 맞장구쳤다.

만남의 불가피성이 있다면 헤어짐의 불가피성도 있을 거다. 살뜰한 7년 세월이다. 체형에 맞게 늘어난 청바지처럼 서로에게 잘 맞춰진 사이였다. 어제까지 입던 옷이 오늘 불편해진다는 것은, 청바지 입장에서는 이해되지 않을 것이다. 그런데 만물은 유전한다. 한 시절 편안하고 맵시 있게 입었더라도 옷은

낡고 체형은 늘고. 그리하여 어느 날 몸에 맞지 않는다고 느끼는 때가 온다. 아니, 정확히 말하자면 몸에 맞지 않는다는 '판단'의 시점이 온다. 연심의 변심 혹은 절심은 언제나 비약으로 다가오는 사건이지만, 생물성이 살아가는 자연스러운 이치이기도 하다.

나도 그랬다. 어디든 데려다주는 날개이자 비바람을 막아주던 존재가 불편하고 갑갑해지는 순간이 어김없이 찾아왔다. 엄마가 그랬고, 연인이 그랬고, 친구가 그랬고, 동료가 그랬다. 어떤 음악이, 어떤 책들이 그랬다. 세월이 그렇게 했다. 생의 시기마다 필요한 옷이 있고 어울리는 색과 취향이 있듯이 삶의 체형에 맞게 인연도 변해 간다. 식물도감·동물도감 속 개체들처럼 사람 역시 멋진 자기 유지를 위해 색을 바꾼다. 인연의 옷 갈아입는다.

나는 내가 사랑하는 것들을

하나하나 열거하지 못한다

몇 번씩 얼굴을 바꾸며

내가 속한 시간과

나를 벗어난 시간을

생각한다

_ 신해욱의 시 〈끝나지 않는 것에 대한 생각〉 부분

그림을
걸지 않는
미술관
처럼

나를 모르고 글만 아는 사람은 내가 애주가인 줄 안다. 내 글에
술좌석 담화가 자주 나오는 이유는 술을 자주 마셔서가 아니
라 술이 감각을 자꾸 자극해서다. 평범하기 짝이 없는 일상의
발견을, 술이 돕는다. 그렇다고 사유의 마중물로 술을 활용하
기엔 육체적 한계와 시간적 제약과 심리적 저항이 크다. 나는
습관화된 술자리가 주는 무료함, 술이 술을 마시는 강박증을
원치 않는다. 술은 신체 유연제. 방심의 상태로의 초대. 냉동
초콜릿같이 단단한 자아가 실온 보관 초콜릿 정도로 부드러워
지는 시간. 딱 거기까지다.

　술에 대한 절반의 사랑. 이는 성장 환경에서 기인한다. 아버
지가 술 드시면 자식들과 마누라에게 잔소리가 장황했고 더러
무례했다. 갈지자로 걷는 중년 남자의 벌건 얼굴, 중언부언은
아름답지 않았다. 그에 대한 반동으로 형성된 음주 습관인지
모른다. 아버지와는 세대도 기질도 다르지만 '사회생활 하는
남자'의 자의식을 가진 남편 역시 침착하고 지속적으로 술을
벗 삼는다. 여타 남자 지인들도 예외 없었다. 술 없는 친교 활동

은 불가능해 보였다. 그걸 보면서 남자에게 술은 해방기제가 아닌 억압기제가 아닐까 의구심이 들었다. 사회적 개인들 결속의 장. 술자리가 아니라면 이 세상에서 자기 위치 측정이 안 되는 거다. 내가 누구이고 어디에서 누구와 무얼 하며 살고 어디로 가는지. 술은 인생 마라톤을 위해 고용한 페이스메이커. 무리에서 낙오되지 않고 목표를 향해 달리기 위해, 고단한 그 길이 외롭지 않기 위해 마시는 듯도 보였다. 가엾고 얄궂다. 남편을 보면 그랬다. 그토록 어울리는 사람은 많은데 정작 생의 위기 국면에 자신의 고민이나 선택을 지지하거나 교정해 주는 친구는 없어 보였다. 아니, 남편이 고민의 안건으로 상정하지 않는다는 게 맞겠다.

집에서 식사 시간이 다가오면 아들은 묻곤 한다. "엄마, 저녁 메뉴 뭐예요?" 딸아이는 메뉴와 더불어 묻는다. "엄마, 오늘 저녁은 우리 네 식구 같이 먹어?" 아들에게 최고의 만찬은 삼겹살이나 차돌박이 정식이라면, 딸아이는 네 식구가 먹는 고기 밥상이다. 식탁에 네 식구가 모여 밥을 먹으면 싱글벙글 우리 가족 다 모였다고 흥분한다. 이 미묘한 차이를 발견하고는 흠칫 놀랐다. 남편은 그래도 가부장지수가 낮은 편이다. 아들은 수컷으로 키우지 않기 위해 피아노를 시키고 시도 읽어 주고 엽서도 쓰게 하는 등 감수성 훈련을 위해 부단히 노력했다. 그래도 남성적 유전자의 본래적 속성을 어찌하지는 못하는가 보다. 딸아이는 자기 친구의 소소한 고민까지 물어 와서 나한테 미주알고주알 들려주는데 아들은 "너네는 무슨 고민 얘기하니?" 물으면 "고민 같은 거 없어요" 한다. 이 확연한 차이를 파악하고는 피식 웃는다.

어릴 때 엄마랑 보던 연속극엔 고시 패스하면 뒷바라지하던 여자를 헌신짝처럼 버리는 남자들이 나왔다. 그들의 행태가 믿어지지 않았다. 인생을 살고 남자를 알고 나니 이제는 알 수 있다. 헌신하면 헌신짝 된다는 가르침을 TV 바깥에서도 무시로 확인한다. 프로이트와 융과 슈필라인 이야기를 극화한 영화 〈데인저러스 메소드〉를 봤는데, 작품의 주제 의식과 무관하게 '융'이라는 남자 때문에 불쾌했다. 여자 주인공 슈필라인은 융을 향한 사랑을 세상으로 드러내고 싶어 한다. 융은 슈필라인을 사랑하지만 정신분석학자로서 명예를 지키기 위해 '부자 아내' 엠마를 택하고 현실에 안착한다. 융은 슈필라인과 육체적 관계를 맺고도 그녀에게 사랑한 적 없다고 차갑게 말한다. 분노에 떨던 슈필라인이 융과의 관계를 외부에 퍼뜨리는데, 스캔들에도 불구하고 정신분석학자 융의 입지는 조금도 위협받지 않는다. 예나 지금이나, 동양이나 서양이나 생의 터럭 한 올 다치지 않고 사는 남자들. 이 부조리함. 공적으로 유통되는 뻔뻔한 남성성에 분개한 나는 시립미술관 근처 찻집에서 멍하니 앉았다가 왔다.

아버지-남편-아들-지인-영화-문학을 접하면서 어설프게
나마 남자라는 종을 20여 년간 연구할 수 있었다. 관계-과정
중심보다 목표-성과 위주로 사고하는 남자들의 감각과 욕망.
내가 남자 동료들과 관계 맺으면서 절망하는 지점도 항상 같은
자리다. 여자들과의 관계에서는 결코 주저앉은 적이 없는 그
남성성의 지대. 그곳 아닌 어디에 몸 둘 데를 찾지 못하고 서성
인다. 남자들의 변화를 기다리느니 바위가 살로 변하는 걸 바
라자. 남자는 술과 같아서 맹목적으로 관계했다가는 몰락한다
는 교훈을 마음에 새기고 사는데 그렇게 그들을 "등지고 뛰어
갔던 그 길에서 여기까지밖에 못 왔구나" 싶으니 문득 쓸쓸한
일이다. 장마가 끝나 가는 토요일. 낮에는 공동체에서 이탈(당)
한 친구를 만났고, 저녁 시 세미나에서는 어느 여자 선생의 남
자친구 배신담을 시리즈로 들었다. 이런 날은 잠금 해제. 어찌
어찌하여 새벽 4시까지 술을 마셨다. 아이패드로 유튜브에 들
어가 음악을 골라 들으며 비닐 천막 끝으로 떨어지는 빗물을
만지작거리며 다짐했다. "나는 쉬겠네 그림을 걸지 않은 작은
미술관처럼."

무대에서 내려왔어 꽃을 내미네 빨간 장미 한 송이 참 예쁜 애구나 뒤에서 웃고 있는 남자 한때 무지 좋아했던 사람 목사가 되었다 하네 이주 노동자들 모이는 교회라지 하도 괴롭혀서 도망치더니 이렇게 되었구나 하하하 그가 웃네 감격적인 해후야 비록 내가 낭송한 시라는 게 성직자에게 들려주긴 참 뭐한 거였지만

우린 조금 걸었어 슬며시 그의 딸 손을 잡았네 뭐가 이리 작고 부드러울까 장갑을 빼려다 그만두네 노란 코트에 반짝거리는 머리띠 큰 눈동자는 내 눈을 닮았구나 이 애 엄마는 아마 모를 거야 근처 미술관까지 차가운 저녁 바람 속을 걸어가네 휴관이라 적혀있네 우리는 마주 보고 웃다가 헤어지려네 전화번호라도 물어볼까 그가 나를 위해 기도할 거라 하네

서로를 등지고 뛰어갔던 그 길에서 여기까지밖에 못 왔구나 서로 뜻밖의 사람이 되었어 넌 내 곁을 떠나 붉게 물든 침대보 같은 석양으로 걸어가네 다른 여자랑 잠자겠지 나는 쉬겠네 그림을 걸지 않은 작은 미술관처럼

_ 김이듬의 시 〈겨울휴관〉

양껏
.... 오래
살고 싶다

사는 일에 크게 미련이 없다. 이 말을 예사롭게 했다. 이는 죽음이 목전에 닿지 않았기에 가능한 팔자 좋은 말잔치 같아 부끄럽지만 나름의 진심이다. 엄마의 돌연한 죽음, 가정경제의 돌연한 몰락 등 굴곡진 시간을 지나면서 삶의 감각이 달라졌다. 자식 두고 죽는 여자들을 이해하지 못했는데, 뭐 그럴 수도 있겠다고 생각했다. 그쯤이면 나한테는 생의 마지노선까지 다녀온 거다. 지금도 크게 바뀐 건 아니다. 삶이 시시해졌다기보다 죽음이 생생해진 것뿐. 전에는 죽음이 생의 막다른 길에 반쯤 열린 문의 이미지였다면 지금은 생의 광장에 입 벌리고 있는 웅덩이로 떠오른다. 삼신할머니 랜덤으로 태어났듯이 삑사리로 미끄러지는 것도 순간이겠지 생각한다.

몇 해 전에는 명동성당 NGO단체 한마음한몸운동본부에 가서 장기와 각막 기증을 신청했다. 육신을 공적인 장에 내놓자 정신까지 홀가분해졌다. 나보고 친구가 영화 찍느냐고 그랬지만, 그럴 수만 있다면 영화처럼 살고 싶다. 시처럼 살다가 소설처럼 죽고 싶다. 스피노자의《에티카》를 읽으면서 나의 죽음에 관한 윤리적 근거를 마련했다. 스피노자는 실존의 소멸과 함께 '사라지는 부분'과 '남는 부분'을 대비한다. 죽음을 맞이했을 때 외적 원인에 의해 규정되는 외연적 부분은 사라지지만 자신의 특이적 본질을 구성하는 부분은 영원히 남는다고 말한다. 바로 이해했다. 예를 들면, 노래가 살아 있는 김광석은 죽은 게 아닌 거다. 나도 김광석처럼 특이적 본질을 남기는 삶을 살려면 어떻게 살아야 할까를 고민하게 되었다. 삶의 길이보다 밀도가 중요해졌다. 사는 동안 존재를 확장하려는 노력은 멈출 수 없겠지만, 순한 양처럼 주어진 시간에 복종하고 싶다. 어디로든 끝간에는 사라질 길. 그저 초 단위로 조용히 늙고 싶다.

안부 전화를 드릴 때면 "아침에 눈뜨면 왜 사는지 모르겠다"라며 빨리 가고 싶다는 대사를 반복하는 시어머니의 말은 진심일까. 살고 싶다는 표현에 비가 새는 것이라 여겼다. 나 자신은 지금 죽어도 여한이 없다면서 시어머니의 말은 왜 반어법이라고 단정했을까. 늙은 자의 말, 그것은 생의 갈망도 생의 포기도 전부 다 생의 미련으로 번역했다. 일종의 투사일까. 내가 생에 미련이 많았을지도 모르겠다. 합정역 2번 출구 파리바게트 앞을 지나는데 어떤 할아버지가 아침 10시부터 휴지통에서 먹을 것을 뒤진다. 저 할아버지는 지금 살고 싶을까, 죽고 싶을까. 내가 빵을 사 들고 나오다가 할아버지에게 "저기… 시장하시면……"했더니 빵을 빼앗아 빛처럼 사라진다. 살기 위해서 죽고 싶어져야 하는 생이 지긋지긋할 것 같다. 아무도 모른다. 그가 그렇게 된 것은 그렇게 될 수밖에 없었던 것이므로.

일흔을 앞둔 어느 목수. 전란에 태어나 고생이 극심했다. 초근목피로 연명하며 최장 5일까지 굶어 봤다고 했다. 고생 끝에 낙이 왔다. 흔치 않은 귀결. 아니 보상. 요즘은 운전기사가 모는 에쿠스를 탄다. 대궐 같은 전수관 지어 제자를 기르고 기부도 한다. "사는 동안 다 퍼 줄 테니까 하나라도 더 배우라"며 제자에게 죽비처럼 호통친다. 100퍼센트 일본어인 건축용어를 우리말로 바꾸는 유의미한 작업도 진행한다. 생의 의지가 만발하는 그가 인터뷰 말미에 조곤히 이야기한다. "사람 마음이 참 그렇더라고. 내가 한 가지 욕심이 생겼어. 더 좀 살았으면 좋겠어……." 옛날엔 살기가 너무 힘들었는데 지금은 돈도 쉽게 벌고 일이 잘 되니까 오래 살고 싶다며 내 눈을 쳐다본다. 애처롭게, 늙은이 욕하지 말라는 듯이. 처마 끝에 하얀 구름이 흘러갔다. 연민 없이 15초 정도가 흘렀다. 오래 살고 싶다고 대놓고 말하는 어르신, 처음 봤다. 문득 나도 오래 살고 싶어졌다. 생에 매달리지도 않고 생에 발목 잡히지도 않고 양껏 사는 법이 있을 것 같다.

아득한 고층 아파트 위
태양이 가슴을 쥐어뜯으며
낮달 옆에서 어찌할 바를 모른다
치욕에 관한 한 세상은 멸망한 지 오래다
가끔 슬픔 없이 십오 초 정도가 지난다
가능한 모든 변명들을 대면서
길들이 사방에서 휘고 있다
그림자 거뭇한 길가에 쌓이는 침묵
거기서 초 단위로 조용히 늙고 싶다
늙어가는 모든 존재는 비가 샌다
비가 새는 모든 늙은 존재들이
새 지붕을 얹듯 사랑을 꿈꾼다
누구나 잘 안다 이렇게 된 것은
이렇게 될 수밖에 없었던 것이다
태양이 온 힘을 다해 빛을 쥐어짜내는 오후
과거가 뒷걸음질 치다 아파트 난간 아래로
떨어진다 미래도 곧이어 그 뒤를 따른다
현재는 다만 꽃의 나날 꽃의 나날은
꽃이 피고 지는 시간이어서 슬프다
고양이가 꽃잎을 냠냠 뜯어먹고 있다
여자가 카모밀 차를 홀짝거리고 있다

고요하고 평화로운 듯도 하다
나는 길 가운데 우두커니 서 있다
남자가 울면서 자전거를 타고 지나간다
궁극적으로 넘어질 운명의 인간이다
현기증이 만발하는 머릿속 꿈 동산
이제 막 슬픔 없이 십오 초 정도가 지났다
어디로든 발걸음을 옮겨야 하겠으나
어디로든 끝간에는 사라지는 길이다

_ 심보선의 시 〈슬픔이 없는 십오 초〉

셀프
구원

사실 어떤 일을 겪기 전까지는 자기도 자신을 잘 모른다. 가령, 사이좋은 부부가 있다. 10년 동안 부부 싸움 1회도 없이 그림처럼 살았다. 남자의 엄마가 치매로 쓰러졌다. 여자는 그다지 헌신하지 않는다. 남자는 실망한다. "당신 착한 줄 알았는데 이렇게 이기적인 사람이었어?" 다툼이 발생한다. 뭐, 〈아침마당〉 같은 소재지만 삶의 진실을 내포한 이야기다. 주위를 봐도 결혼을 통해서 '인간의 바닥'을 확인했다는 경우는 흔하다. 바닥을 본 다음, 그것을 깊이로 만드느냐 추락하느냐는 개인의 능력이다. 그러니 한 사람에게 정해진 본성은 없는 거다. 세상과 부딪히고 사람과 부대끼고 하나의 사건을 통과할 때마다 인격은 사후적으로 구성된다.

수유너머 연구실이 이사했다. 연구실 이사 그 자체는 대수롭지 않다. 이사 과정을 통해 나를, 나와 동료를 볼 수 있었다는 점에서 의미 있는 사건이었다. 나는 삼선동 이사를 반대했다. 지역적으로 낯설고 멀다는 것, 장애인극단 판이 운영하는 카페와 동거한다는 것. 두 가지가 싫었다. 우리만의 독립적인 공간에서 자력으로 오붓하게 시작하고 싶었다. 카페와의 한집 살림으로 연구실 행정이 복잡해지는 걸 원치 않았다. 연구실이 홍대나 망원동 근처로 이사해서 더 자주 들르고 더 많은 공부를 하길 바랐다. 동료들끼리 수차례 논의를 거쳤다. 우리는 어떤 안건에 대해 구성원이 한 표씩 갖는 게 아니라 적극적으로 원하는 사람이 동료를 설득하는 방식으로 결정을 내린다. 나는 삶을 다 걸고 말하지 못했고 '삼선동파'의 권력의지에 밀려버렸다.

웬 삼선동인가. 온통 낯설고 의문스러웠다. 거기가 도대체 어딘가. 버스−지하철 2호선−4호선의 코스. 택시요금 이만 원. 심리적 거리가 대전보다 멀었다. 사보 취재 다닐 때도 체력이 바닥나면서 거리가 먼 곳은 마다했던 터다. 어떻게 다닐까 막막했다. 이건 뭐 여러 가지 조건을 고려해서 입사했더니 본사가 이전해버린 꼴이라며 투덜거렸다. 공부 좀 해 보겠다고 연구실에 들어갔더니 '쥐 그래피티 사건'(연구실 동료가 2010년 G20 홍보포스터에 쥐 그림을 그려 넣었다가 검찰에 기소되어 벌금형을 받았다) 이 일어나서 법원 다니고 회의하고 대책 마련하느라 정신없었는데, 이사까지 해야 하고 일상 잡다한 일들이 끊임없이 일어나서 스트레스가 머리끝까지 쌓였다. 공부는 이전보다 더 못하고, 잡무만 처리하는 듯 억울한 느낌이 지배했다. 여기서 또 세속이 펼쳐질 줄이야. 좌절했다.

불만과 푸념의 매캐한 공기가 몸뚱이 안에 자욱해질 즈음, 기존의 나를 강하게 고집하는 내 모습이 드러났다. 하나의 시험대가 주어졌음을 알아챘다. 내 신체가 거부하는 그곳, 불편함을 느끼는 대상에 바로 나를 성장시킬 무언가가 있다며 니체는 "금단의 땅에서 열매를 구하라"라고 했다. 유목은 한국에서 유럽으로 여행 가는 게 아니라, 자기로부터 떠나는 능력이다. 나의 정체성은 다른 내가 될 가능성이다. 그동안 배운 이론들이 머리 위로 쏟아졌다. 앎으로 삶을 뚫어야 하는 상황. 불현듯 용기가 났다. 원한 감정을 털어버리자. 나를 개방하자. 내 살 곳은 속세다. 산 중턱 절간에 절대 고요를 원하는 건 아니지 않은가. 심심해서 살지 못한다. 사람과 사건이 넘쳐 나는 이 대지가 나의 삶의 절대 조건이다.

물 좋고 정자 좋은 곳이 어디에 있을까. 금수저 물고 태어나지 않은 나는 적어도 그랬다. 근데 그게 꼭 나쁘지만은 않았다. 뭔가 늘 못마땅하고 모자란 현실에서 '그럼에도 불구하고' 망치를 들고 정자를 짓고 물길도 트고, 그렇게 땀 흘리면서 친구도 만나고 하루가 가고 한 시절이 갔으니 말이다. 이마 위에 불어오는 산들바람에서 느끼는 자유. 지옥을 느끼던 그곳이 천국으로 변하기도 하는 경험은 매우 짜릿하다. 밥 짓고 아이 키우고 두세 시간 출퇴근 기분 내면서 살아 보고 싶어졌다. 동료한테 우리 앞으로 삼성전자 직원보다 더 열심히 살아 보자며 웃었다. 즐겁게 이사했고 부엌도 정리했다. 몸은 피곤해도 마음은 개운하다. 정이 생겨서 다니는 게 아니라 다니다 보면 정이

들게 마련이다. 우선은 시 세미나를 시작하고 니체를 일독할 참이다. 삼선동에 놓인 나는 또 어떻게 변할 것인가, 자못 궁금하다. 이것이 셀프 구원.

엄
마

,

내가 반 웃고
당신이 반 웃고

엄마와
·········· 수박

커다란 수박만 보면 엄마가 생각난다. 엄마는 전형적인 옛날 엄마였다. 알뜰과 궁상의 화신. 그래서 여름에 수박을 살 때도 만 원이 넘으면 망설였다. 지금이야 물가가 올라서 만 원 이하 수박이 거의 없지만, 10년 전만 해도 만이천 원이면 제일 크고 좋은 수박을 살 수 있었다. 근데 엄마는 소심해서 그걸 못 사고 꼭 칠팔천 원짜리 수박을 샀다. 대략 아기 머리 크기만 한 수박이다. 운이 좋으면 잘 익은 것이지만 대부분 못난이 수박이라서 그리 당도가 높지 않았다. 내가 고작 오천 원 차이로 웬 궁상이냐고 뭐라고 하면 엄마는 "시원한 맛으로 먹는 거지"라며 끝까지 저가 수박을 고집했다. 어쨌거나 '얼음' 같은 수박을 주기적으로 먹어 줘야 할 만큼 엄마에게 여름은 잔인한 계절이었다.

　여름에는 입맛도 없고, 음식도 잘 상하고, 마땅히 반찬 할 것도 없고, 그렇다고 세 끼가 두 끼로 줄어드는 것도 아니고, 외식을 척척 했던 것도 아니니 끼니 차리기가 얼마나 고되었을지 짐작이 간다. 나만 해도 여름엔 물컵도 많이 나오고 빨래도 두세 배로 늘어난다. 온 집의 창문을 열어 놓으니 먼지가 쌓여 아침저녁으로 닦아도 걸레가 새까맣다. 식구대로 샤워를 자주 하니까 목욕탕 청소도 자주 해야 한다. 매년 여름마다 가사노동에 지쳐 비실거린다. 싱크대 앞을 슬슬 피하고 음식 매장을 어슬렁거리거나 배달 음식점에 냉큼 전화를 건다. 그런 나를 보면서 삼복더위에도 부침개를 부치느라, 콩국수에 넣을 소면을 삶느라 가스 불 앞을 지켰던 엄마가 자꾸만 떠오른다.

그렇게도 여름을 힘들어하던 엄마는 결국 여름에 돌아가셨다. 궁상떤다고 엄마를 구박만 했지 무겁다는 핑계로 고가의 수박 한번 사다 드리지 못한 게 미안해서 제사 때는 수박을 정성껏 챙긴다. 며칠 전 엄마 기일이었다. 제사 음식을 준비하면서 이왕이면 유기농으로 사려고 매장에 전화를 했더니 다 팔렸단다. 수박값이 이만오천 원이고 낮 2시였는데 동이 났다니. 세상의 모든 엄마가 우리 엄마처럼 미련하게 살지는 않는가 보다. 그 생각을 하니 엄마가 새삼 더 불쌍했다. 친정에 가서 제사상에 놓을 조기를 굽고 산적을 익히는데 땀이 삐질삐질 흘렀다. 아빠가 에어컨을 켜면서 실외기 커버를 벗기셨다. 번거롭게 왜 씌워 놓느냐고 했더니 올 들어 에어컨을 처음 튼다고 했다.

친정이나 시집이나 10년 넘은 에어컨이 아주 새것처럼 하얗다. 엄마가 살아 계실 때도 손자랑 사위나 와야 에어컨을 켰다. "도대체 에어컨이 액자야, 보기만 하려면 뭐 하러 샀어." 내가 답답해서 잔소리하면 전기요금이 아깝다고 하셨다. 지지난주 시집에 갔을 때도 시어머니는 "너희들 온다고 에어컨 청소했다" 하셨다. 시집 친정 양가 공히 매년 자식 방문의 날이 에어컨 개시하는 날이다. 그래서 여름이 속상하다. 요즘엔 생전의 친정 엄마 레퍼토리를 시어머니에게도 반복적으로 듣는다. "죽는 날까지 자식에게 폐 끼치지 않고 가는 게 소원이고 그러려면 알뜰하게 살아야 한다"라는 말. 녹음기 틀어 놓은 것처럼 토씨 하나 안 틀리고 똑같으니 엄마들의 삶에서 알뜰과 궁상은 한 세트로 상호촉발하며 작용하는 거 같다.

왜 엄마들에게 행복은 늘 충족 유예 상태로만 존재해야 하는가. 내일을 위해 오늘을 인내하는 삶. 자식을 위해 당신은 포기하는 삶. 워낙 가난한 시대에 태어나서 그러신 줄은 안다. 그래도 난 엄마처럼 살고 싶지 않았는데 엄마가 호강 한번 제대로 못한 상태에서 갑자기 돌아가시는 바람에 결심이 더 확고해졌다. 나의 일신의 호강은 주체적으로 지금-여기서 챙겨야 한다는 것. 그 엄정한 사실 말이다. 인간은 누구나 늙고 아프고 죽는다는 차가운 명제를 상기한다. 어쩔 수 없이 내가 자식에게 의지해야 하는 날이 올지도 모르고, 내가 부모님을 봉양해야 할지도 모른다. 닥치면 살겠지 한다. 미리 걱정하면서 고통을 가불하고 싶지 않다.

'늙음'. 그 존재의 무너짐을 '삶의 과제'로 의연히 받아들이고 싶다. 내가 늙은 부모를 봉양하든 내가 늙어 자식에게 의탁하든, 비참하고 비루한 생이 지겨워 눈물바람 할 테고 태어난 걸 후회하다가도 또 어떤 날은 살 만해서 콧노래를 부르기도 하겠지. 육아가 힘들 때 아이들이 족쇄 같아 '괜히 낳았다'고 원망했던 것처럼 더러는 괜히 죄 없는 부모님을 탓하기도 하겠지. 하지만 나는 안다. 힘든 일 포기하고 떠난다고 자유롭지 않다. 그건 자유에 대한 환영이고 망상이다. 넘지 못할 것 같은 산도 한 걸음 내딛으면서 다리 힘이 길러지고, 그러면 다음 봉우리는 더 쉽게 건널 수 있다. 근육이 튼튼해지고 체력이 길러지면 삶의 어느 고비에서도 성큼성큼 문제 안으로 들어가는 궁극적인 자유를 누리게 된다. 그런데 문제를 회피하고 도망가면 걸린 데서 또 걸린다. 살아 보니 그랬다. 아무런 상처도 주지 않고 좋기만 한 관계는 가짜이고, 아무런 사건도 생기지 않은 무탈한 일상이 행복은 아니었다.

호남선 터미널에 나가면
아직도 파김치 올라온다
고속버스 트렁크를 열 때마다
비닐봉지에 싼 파김치 냄새

텃밭에서 자라 우북하였지만
소금 몇 줌에 기죽은 파들이
고춧가루를 벌겋게 뒤집어쓰고
가끔 국물을 흘린다

호남선 터미널에 나가면
대처에 사는 자식들을 못 잊어
젓국에 절여진 뻣뻣한 파들이
파김치 되어 오늘도 올라온다
우리들 어머니 함께.

_강형철의 시 〈사랑을 위한 각서8 – 파김치〉

때로
엄마로
산다는 건

며칠 전. 외출했다가 오후 5시 30분쯤 귀가했다. 아들은 학원에서 친구랑 저녁 먹는다고 했던 참이다. 집에 가면 좀 쉬었다가 7시쯤 딸이랑 대충 저녁을 먹으려고 했다. 근데 집에 갔더니 아들이 방에서 어슬렁어슬렁 나오더니 약속이 취소되었다며 말한다. "엄마, 저 6시까지 학원 가요." 그 말을 듣자마자 나는 거의 본능적으로 종종종 오리처럼 부엌으로 걸어갔다. 가방은 싱크대 앞에 던져두고 후다닥 밥솥을 열어 보고 찬밥 남은 거에 안도하고 남은 된장찌개랑 냉장고 뒤져 당근 다져 넣고 계란말이를 해서 빛의 속도로 저녁을 대령했다.

그러고 나니 왜 그렇게 화가 나는지. 나의 행동이 왜 그렇게 한심스러운지. 아들은 또 왜 그렇게 얄밉고 얄미운지. 밥때가 되었으면 지가 알아서 밥을 차려 먹을 일이지, 내가 오기를 기다렸나? 내가 조금만 늦게 왔으면 굶으려고 한 건가? 아니면 밥 차려 먹으러 나오는 길인데 엄마를 보니까 말한 건가? 아들의 의도야 어쨌든 괘씸해 죽겠는 거다. 만약 아들한테 엄마 피곤하니까 니가 대충 차려 먹으라고 말했으면 충분히 그랬을 텐데, 괜히 내가 알아서 해줘놓고 뒷북이다. 자식들 밥에 목숨 걸고 자동으로 기능하는 내가 한심한데, 그런 나를 미워할 수는 없으니까 원망의 화살을 아들한테 돌리고는, 이 시추에이션이, 고작 먹고 싸는 일에 에너지를 다 쏟아부어야 하는 삶이 분해서 씩씩거렸다.

역할. 역할의 꽃. 엄마 역할. 역시 '역할'은 생각을 요구하지 않는다. 영혼 없이도 가능하다. 현관에서 들어서면 나는 엄마가 되어 기차가 레일을 지나가듯 현관에서 부엌으로 부엌에서 식탁으로 식탁에서 냉장고로 자동 왕복하는 거다. 사고하지 않아도 그냥 습관대로 하던 대로 막힘없이 수행한다. 이런 걸 무슨 숭고한 모성이라고 말하겠는가. 자기 손에 물 묻히기 싫은 사람들이 지어낸 말일 뿐. 누추하고 번거로운 집안일이다. 내가 엄마라는 사실이 싫은 건 아니다. 엄마 역할로 주어지는 과다한 몫들이 싫다. 엄마 역할을 하는 동안은 내가 나 같지 않다. 그냥 밥순이, 그냥 아줌마다.

지난주에는 특별히 휴가 계획도 없고 해서 남편이랑 딸아이랑 캐리비안베이를 갔다. 아들은 안 간다고 해서 떼어 놓고 셋이 갔다. 삼성 왕국에 들어가는 게 영판 못마땅하고 티켓값은 또 얼마나 비싼지 한숨이 푹푹 나왔지만, 그래도 딸을 위한 외출인 만큼 입을 꾹 다물고(불만을 티 내지 않고) 가족 나들이에 참여했다. 볕이 너무 뜨거워 선 캡을 쓰면서도 앞머리를 뒤로 넘기고 대충 눌러썼다. 수영복을 입었지만 늘어난 뱃살이 민망해서 전신 거울은 들여다보지 않았다. 그렇게 하루 종일 물놀이를 하고는 씻으려고 탈의실로 들어가는 길에 언뜻 거울을 봤는데, 완전 깜짝 놀랐다. 앞머리는 파뿌리처럼 지저분하게 헝클어지고 팔뚝과 목덜미는 벌겋게 익어 불타는 고구마 같은 웬 심란한 여자가 나를 쳐다보는 거다. 저게 나인가? 인정할 수 없었다. 고개를 저었다. 혹여 따라올세라 등 돌렸다.

열쇠 번호를 확인하고 옷장을 향해 더듬더듬 발걸음을 옮기는데, 우리 옷장 앞 바닥에는 늘씬한 비키니 차림의 아가씨 두 명이 앉아서 수십여 종류의 화장품을 바자회 좌판마냥 늘어놓고 손거울을 들여다보면서 아이라인을 그리고 있었다. 저 정도면 메이크업 아티스트 작업대다. 화장이 아니라 특수 분장이다. 결혼 때 신부 화장 말고는 아이라인을 그려 본 적이 없는 나로서는 물놀이 와서까지 꽃단장에 여념 없는, 비장미 넘치는 그녀들이 신기하고 부러웠다. 저렇게 수고와 열정을 다해 미모를 가꾸고 뭔가 설레는 사건이 발생하기를 기다리는 아가씨들이 한편 귀여웠고, 나는 저런 시기 없이 마흔이 넘어버렸다니 섭섭했다.

죽전 휴게소에 들러 저녁을 먹었다. 맞은편에 앉은 딸아이가 안 그래도 식성이 좋은데, 물놀이까지 해서 더 입맛이 꿀맛인가 보다. 밥을 참 맛있게 쩝쩝 먹고 있었다. 그 모습을 보자니

애잔하고 또 미안했다. 아들은 벌써 커서 친구를 더 좋아하니 저 꽃수레(딸의 애칭)가 없었으면 나랑 남편이랑 심심했을 수도 있겠다 싶은 생각이, 아주 잠깐 들었다. 그래서 말했다. "키우기 힘들어도 낳기를 잘했다." 그랬더니 꽃수레가 고개를 끄덕끄덕 흔들면서 손가락으로 옆자리 아빠를 가리킨다. "맞아. 특히 아빠. 엄마는 오빠라도 있지. 아빠는 친구가 나랑 TV랑 에어컨뿐이야." 자기는 아빠의 단짝 친구라고 맨날 그러는데, 스스로 존재의 구실과 이유를 용케도 찾는다.

아이에게는 아직 사는 일이 역할놀이는 아닌 거 같다. 딸이다가 친구이다가 연인이다. 유연하다. 상황에 따라 순발력 있게 존재를 바꾸고 관계를 즐긴다. 어쩌면 아이에게도 존재 불안이 있어 더 그럴지도 모르겠다. 부모에게 버림받을지 모른다는 원초적 불안. 이 세상 모든 아동들은 성인이 되어 자기 한 몸 챙길 때까지는 자기 유지를 위해 혼신의 힘을 다하겠지……. 그러니 안쓰러운 어린것에게 잘해 줘야 하고 최선을 다하고 싶은데, 자주 힘에 부친다. 내심 잔인해진다. 이 분열적인 자아를 바라봐야 하기에 엄마로 사는 일은 쓸쓸하고 서러움다.

백석의 시를 읽었다. 음식 얘기, 사람 얘기, 설움 얘기가 이리도 투명하다니 반했다. 앞으로 백석도 '오빠'로 삼아 볼까 싶다고 시 세미나 친구에게 문자 메시지를 한 통 넣었다. 〈바다〉

라는 시를 읽다가 청승맞게 공상에 빠져버렸다. 푸른하늘의 '겨울 바다'가 생각나서 찾아 들었다. 버스커버스커의 '여수 밤 바다'가 연상되어 또 그것을 듣고 흥얼흥얼 따라 불렀다. 정말 이지 이럴 때만 좋다. 이럴 때만 사는 것 같다. 나의 영혼이 촛불처럼 환해지고 기타처럼 딩가딩가 자유롭게 춤을 춘다.

가족들이랑 캐리비안베이 가는 거 말고, 내가 정말 가고 싶은 데는 여수 밤바다다. 혼자서 가고프다. 고속버스터미널에서 여수행 우등고속을 끊고 떠났다가 여수에서 며칠 묵고, 또 백석이 "자다가도 바다가 보러 나가고 싶다"라고 한 통영에도 가고. 민박집에서 하루 종일 방 끝에서 방 끝으로 뒹굴면서 책 보고 밤이면 파도 소리 들으면서 글 쓰고 그러면 얼마나 좋을까. 붙박이 인생 청산하고 떠돌이처럼 살면 내가 어떻게 될지 궁금하다. 그럼 사는 일이 덜 지겨울까. 역할에서 빠져나오면 나비처럼 자유로울까. 여섯 시간째 뱃속이 텅 비었다고 전화하는 딸내미에게 즉시 달려가지 않아도 되면 나의 인생이 더 고상해질까. 밥에 묶인 삶. 늘 떠남의 욕망에 시달린다. 먼 곳에 대한 그리움이 바다 되어 출렁이고, 마음만은 지중지중 물가를 거닌다.

바닷가에 왔드니
바다와 같이 당신이 생각만 나는구려
바다와 같이 당신을 사랑하고만 싶구려

구붓하고 모래톱을 오르면
당신이 앞선 것만 같구려
당신이 뒤선 것만 같구려

그리고 지중지중 물가를 거닐면
당신이 이야기를 하는 것만 같구려
당신이 이야기를 끊은 것만 같구려

바닷가는
개지꽃에 개지 아니 나오고
고기비눌에 하이얀 햇볕만 쇠리쇠리하야
어쩐지 쓸쓸만 하구려 섧기만 하구려

_ 백석의 시 〈바다〉

싸울
때마다
투명해진다

글쓰기 수업할 때 들은 얘기다. 그녀는 서른을 갓 넘긴 비혼 여성이다. 〈달려라 하니〉처럼 커트머리에 자전거 여행으로 팔도를 누비는 씩씩한 캐릭터다. 하루는 저녁 찬거리를 준비하러 마트에 갔단다. 시식 코너에서 맛있게도 냠냠 먹고 있는데, 직원이 그러더란다. "고객님~ 남편 안주용이나 아이들 간식용으로 좋아요~" 순간 당황하고 불쾌하여 "제가 먹을 건데요!" 하고 퉁명스럽게 대꾸했다고 한다. 이 에피소드를 듣고는 다 같이 박장대소했다. 사실 처연한 웃음이다. 얼굴에 앳된 기색 사라지고 나면 한 여자의 개체성은 상실되고 엄마나 어머니로 호명되는 경우가 많다. 욕망의 주체가 아닌 돌봄노동의 대명사로 불린다. 현실은 훨씬 징하고 찡했다. 주부들과 글쓰기 수업에서 그녀들의 내밀한 이야기를 들으며 나는 자주 가슴을 쓸어내렸다. 안개처럼 일상에 스며 있는 여성억압적 현실은 퍽 쓸쓸하고 암담했다. 인간이 겪는 고통의 결은 얼마나 무한하고 섬세한가. 여자로 사는 고단함을 제법 안다고 생각했던 내 자신이 어찌나 부끄럽던지……

일종의 존재론적 질환이다. '엄마 불쌍병'이 원래도 있었는데 글쓰기 수업이 기폭제가 되었다. 행복한 이유는 거의 비슷비슷해도 불행한 이유는 저마다 다르다는 《안나 카레니나》의 첫 문장이 떠올랐다. 같은 듯 다른 삶. 그즈음 아는 선배가 엄마를 주제로 사진전을 한다고 했다. 나는 기대보다 우려를 표명했다. 너희가 엄마를 아느냐는 오만함인지, 엄마를 부탁해가 될지 모른다는 불안함인지 뭔지 모를 복잡한 감정이 들었다. 시집, 철학서, 실용서, 번역서 등등 장르 불문 거의 모든 책 첫 장이나 머리말에는 나를 낳아 주고 길러 준 어머니에 대한 감사와 회한의 글귀가 적혀 있다. 통계를 낸 건 아니지만 남자 필자의 책에서 자주 본다. 부채 감정에 시달리는 아들들. '어머니에게 바친다'는 클리셰. 한 줄로 요약되는 차가운 이성. 그걸 보면 마음이 안 좋다. 남자들이 대동소이한 방식으로 어머니를 호명함에 따라 불효자 아들 – 희생자 엄마의 관계가 영영 고착될 것만 같았기에 그렇다.

갤러리 관장이랑 그랑 같이 모여서 전시할 사진을 봤다. 국내외 중장년 여성들의 주름진 얼굴과 쪼그라든 젖가슴과 갈라진 손등과 발등과 철 지난 꽃무늬 몸뻬의 추레한 입성이 슬라이드로 넘어가며 줄줄이 시야를 스치는데, 역시나 울컥했다. 나에게는 강인한 모성 전혀 아니고 국경 초월 지지리 궁상인 건 어쩔 수 없었다. 한때는 빗방울 같은 처녀였다는 사실이 믿기지 않는 노동하는 신체가 보였다. "아마 저 백 명 넘는 여성들 중에 비혼도 있을 거예요. 나이 든 여자가 다 엄마는 아니잖아요." 꽈배기처럼 꼬고 또 꼬인 나의 속내를 밝혔다. 그도 조심스레 터놓았다. 남자로서 시선의 한계가 있을 거라고. 하지만 대부분 한곳에 오래 머물면서 교감이나 끌림이 있을 때, 대상화의 우려를 내려놓을 수 있을 때 셔터를 눌렀다고 했다. 그럴거다. 오랜 시간 우리 사회 그늘진 곳만 찾아다니고 자기 주머니 털어 나누는 인정 많고 따뜻한 사람이다. 며칠 후. 사진전이 열리니까 와서 냉정히 평가해 달라는 메일이 왔다. 답장도 사진전도 미뤘다. 내가 봐야 할 건 엄니들 사진이 아닌 '발끈의 여왕'인 나였다. 한 장의 사진으로 가부장제 전복이라도 일어나기를 바라는가. 아니다. 내가 어쩌다가 원한의 인간이 되었을까. 모른다. 혹시 다른 해석과 화해의 여지는 없는가. 글쎄다.

이 생각 저 생각으로 엎치락뒤치락하느라 달이 차고 기울었다. 몸이 개운하고 가벼워졌다. 전시 폐장 사흘 전에 급습했다. 막상 얼굴 보니 더욱 미안했다. 우물쭈물 배시시 웃으면서 지각 사태를 얼버무리고 있는데, 아는 분이 나타났다. 우연의 구제! 평소 존경하는 보고 싶던 막달레나공동체 이옥정 대표, 우리들의 큰언니다. 두 손을 덥석 잡고 인사를 나누고는 저녁 먹는 자리에 따라갔다. 큰언니는 사진전을 보고서 당신 어머니의 신산스러운 삶을 떠올렸다. "그 때는 다 그랬지. 우리 아버지가 바람피우고 도박하고 어머니 때리고…… 1년에 추수할 때만 꼭 한 번 집에 왔어. 돈 가져가려고. 근데 나중에는 엄마가 너무 미운 거야. 좀 피하지 왜 맞고 있어. 아버지 늙어서는 가족들이 다 엄마 편만 들고 아버지 곁에는 아무도 안 갔지. 엄마가 미웠어. 사람이 외로운 게 제일 불쌍하잖아. 아버지가 정말 외로웠거든. 아버지 돌아가실 때 엄마가 후련해할 줄 알았는데 너무 많이 우셨어." 가만히 듣고 있던 그는 자기 얘기라며 가슴을 쳤다. "제가 시골에서 살았는데 밤중이면 이집 저집에서 여자들 비명이 들렸어요. 그럴 때마다 생각했죠. 아, 왜 여자의 인생은 이래야 하는가."

시골 아닌 도시라고 다를까. 맑스가 그랬다. 자본주의는 '노동자의 과로'를 내적으로 규제할 그 어떤 선험적 원리를 갖지 않는다고. 자본주의가 개별 자본가의 선의와 악의와는 무관하게 작동한다는 것이다. 어머니의 삶도 노동자와 크게 다르지 않다. 가부장제는 '어머니의 과로'를 내적으로 규제할 어떤 선험적 원리를 갖지 않았다. 능력이든 랜덤이든 운명이든 여성 일부가 좋은 남자를 만나는 건 우연이겠으나, 전체로서 여성은 가부장 질서와 규범에 이미 속해 있다는 얘기다. 다른 듯 같은 삶. 할머니 어머니 세대에는 그 질곡이 더 심했으며, 주로는 딸들이 목격자이자 피해자로서 그 원한을 간직한다. 약자에게 원한은 단 하나의 기억의 장소다. 대를 거듭해 '매일 되풀이되는 어머니의 넋두리'가 그의 입에서 나오다니, 뜨끔했다. 나는 사과했다. 너무 지랄해서 미안하다고. 그랬더니 선배는 그날의 대화로 전시의 방향을 잡았다며 외려 고맙다고 했다. 큰언니가 듣고 있다가 "쓴소리 해 주는 사람이 있어야 발전한다"고 거들 었다. 덜 민망했다. 집요하게, 치열하게, 고민하다가 가길 얼마 나 잘했는지. 소주에 맥주를 연거푸 마셔도 취하지 않는 밤이 얼마 만인지.

가난한 사람들의 아파트엔 싸움이 많다
건너뛰면 가닿을 것 같은 집집마다
형광등 눈밑이 검고 핼쑥하다
누군가는 죽여달라고 외쳤고 또 누구는 실제로 칼로 목
을 긋기도 한다
밤이면 우울증을 앓는 사람들이
유체이탈한 영혼들처럼 기다란 복도에 나와
열대야 속에 멍하니 앉아 있다
여자들은 남자처럼 힘이 세어지고 눈빛에선 쇳소리가 울
린다
대개는 이유도 없는 적개심으로 술을 마시고
까닭도 없이 제 마누라와 애들을 팬다
아침에 보면 십팔평 칸칸의 집들이 밤새 욕설처럼 뱉어낸
악몽을 열고 아이들이 학교에 간다
운명도 팔자도 모르는 화단의 꽃들은 표정이 없다
동네를 떠나는 이들은 정해져 있다
전보다 조금 더 살림을 말아먹은 아내와
그들을 자식으로 두고 죽은 노인들이다
먼지가 풀풀 날리는 교과서를 족보책처럼 싸짊어지고 아
이들이 돌아오면
아파트는 서서히 눈에 불을 켠다

이빨이 가려운 잡견처럼 무언가를 깎아먹고 싶은 아이들
을 곁에 세워놓고
잘사는 법과 싸움의 엉성한 방어자세를 가르치는 젊은
부부는
서로 사랑하지 않는다
밤이면 아파트가 울고, 울음소리는
근처 으슥한 공원으로 기어나가 흉흉한 소문들을 갈기처
럼 세우고 돌아온다
새벽까지 으르렁거린다
십팔, 십팔평 임대 아파트에 평생을 건 사람들을 품고
아파트가 앓는다, 아파트가 운다
아프다고 콘크리트 벽을 쾅쾅 주먹으로 머리로 받으면서
사람들이 운다

_최금진의 시 〈아파트가 운다〉

내가 아프면
당신도
앓으셨던
엄마

엄마의 기일이었다. 돌아가신 지 3년이 흘렀다. 긴 시간이었다. 여자에게 엄마의 죽음은 아이의 출산에 버금가는 중요한 존재 사건이다. 엄마의 죽음으로 나는 한 차례 변이를 경험했다. 세상을 감각하는 신체가 달라졌다. 삶이라는 것, 그냥 살아감 정도였는데, 엄마를 통해 죽음을 가까이서 보고 나니까 '삶'이라는 추상명사가 만져지는 느낌이었다. 삶은 이미 죽음과 배반을 안고 시작된다. 그것이 '인생 별 거 없네. 이래도 한세상, 저래도 한세상'의 허무주의적 세계관을 의미하지는 않는다. '죽으면 한 줌 재로 될 몸뚱이 나를 다 쓰고 살자'는 억척스런 삶의 방식의 변화에 가깝다고 할 수 있다. 대한민국 엄마의 딸, 굳센 금순이가 되었다고나 할까. 이것은 존재의 깊이와 상관없는 강도다. 단단함. 억척스러움 같은 거. 생의 군살 정도.

사실 엄마의 죽음이 슬프지 않았다. 당시는 삶이 이미 상처 그 자체였기에 더는 상처로 다가오지 않았다. '설마 엄마의 죽음까지'가 아니다. 나를 가장 염려하던 '엄마'의 죽음이기에 그렇고, 상처투성이었던 엄마의 죽음이기에 그렇다. 엄마가 돌아가심으로써 비로소 고통에서 놓여나 편히 사시는 생각을 하니 외려 마음이 평안했다. 또 엄마는 평소 새벽마다 성당에 나가서 '자식에게 폐 끼치지 않고 죽게 해 달라'고 기도했는데 원을 풀었다. 평소 혈압이 있으셨는데 차트에 적힌 사인은 갑자기 심장이 멈췄다는 뜻의 긴 병명이었다. 그러니까 전날까지 일상적으로 생활하시다가 새벽에 쌀 씻어 놓고 빨래 널어놓고 고추 말리던 거 닦아 놓고 갑자기 쓰러지셨다. 정말 예고 없이. 엄마의 고정 레퍼토리대로 '해 준 것도 없는 자식에게 짐이 되지 않게 험한 꼴 안 보이고' 깔끔하게 생을 마감하셨다.

엄마랑 마지막 통화는 돌아가시기 이틀 전이다. 앞의 내용은 기억나지 않고 마지막 부분은 생생하다. "조서방(남편)한테 잘 해 줘라. 착한 사람이잖니." 느닷없는 엄마의 말에 나는 발끈했다. "엄마가 걱정 안 해도 그 사람 잘 살고 기 안 죽어. 걱정마. 그리고 뭐가 착하다는 거야? 엄마가 지금 누굴 걱정해." 기가 찼다. 바보가 따로 없었다. 아무리 사위라지만, 따끔하게 야단 한 번 안 치고 싫은 소리 한마디 못하더니 온 식구 마음고생 시킨 사람한테 뭘 잘 해 주라는지. 울화가 치밀었다. 특히나 아들을 위하는 마음에 불쑥 여과 없이 충동적으로 직격탄을 날리는 시어머니를 생각하면 불난 가슴에 기름이 부어지는 격이었다. 각각 배우자 부모의 태도가 왜 이렇게 다른지. 엄마는 왜 저렇게 퍼주고도 쩔쩔매는지. 왜 아들과 시어머니는 어떤 경우에도 늘 당당한지. 이 세상이, 온통 해명되지 않는 일들로 가득했고 그 암흑의 시간을 통과하는 건 여기저기 온몸 부딪히는 고통이었다. 나는 가족관계에서 힘에 부치고 상처받을 때마다 엄마랑 내가, 우리 모녀가 불쌍해서 불 꺼진 방에서 베갯잇 위로 하염없이 눈물을 쏟아 내곤 했다. 엄마도 싫고 엄마를 닮은 나도 싫었다. 끝도 없이 회한이 밀려왔다. '엄마는 정말 잘 돌아가셨구나. 굳이 엄마랑 나랑 세트로 궁상떨 거 뭐 있어…….'

엄마는 누구보다도 열심히 살았지만 정작 당신의 삶을 사랑하지 못했다. 기존의 가치 척도인 '선악'을 넘어서지 못했다. 엄마(친구와 친척들)의 기준으로 좋은 대학 나와서 직장생활 하다가 커플링 끼고 장애인이 된 아들, 좋은 직장 다니다가 좋은 집안에 시집가서 일찌감치 목동의 35평 집 사고 아들딸 낳고 잘 살다가 하루아침에 바퀴벌레 나오고 외풍 심한 20평 아파트 전세로 추락하는 딸은, 그건 다름 아닌 낙오이자 실패였다. 한평생 당신 삶의 긍지이자 자부심이었던 자식 농사가 일시에 흉작이 되어버린 것이다. 숨 돌릴 틈도 없이 연달아 닥친 쓰나미, 엄마는 그 앞에서 망연자실 휘청거렸다. 오빠가 몸이 불편한 거야 겉으로 드러나니까 어쩔 수 없었지만, 엄마는 딸내미의 경제 파탄을 친척과 친구에게 알리지 않았다. 오빠가 발병한 후 3년 만에 여자친구와 헤어지자 엄마는 오빠보다 더 충격을 받고 더 많은 밤을 눈물로 지새우셨다.

우리 사회의 신앙과도 같은 믿음—정상과 비정상, 부자와 빈자라는 이분법적 구도—에서 엄마는 자유롭지 못했다. 장애인이 된 아들과 빈자가 된 딸을 삶으로 수용하지 못했다. 아무리 성당에 나가 새벽마다 기도를 하고 주님을 찾아도 상황은 변하지 않았다. 원래 큰 사건이 생기면 크고 작은 사건사고가 끊임없이 이어지기 일쑤다. 수습하다가 지치셨다. 그래도 엄마의 표정은 늘 그렇듯이 밝았지만 가슴속은 이미 여기저기 구멍이 뚫리고 허물어지고 있었다. "나는 집이 좁아도 괜찮다, 오빠도 몸이 불편하지만 자유롭게 잘 살지 않느냐, 왜 내 행복을 남들 기준으로 평가하느냐"라고 아무리 말해도 내 집 마련해서 가정 꾸리고 사는 자식 보는 것을 부모 임무의 완결판이라고 생각하는 엄마를 설득하기엔 논리가 부족했다.

모든 엄마들이 그럴 거다. '남들처럼 평범하게'가 이 땅의 엄마들에게는 너무 소박한 바람으로 통용된다. 하지만 자동차나 보험회사 광고에 나오는 정상가족의 판타지를 버리지 못하는 한, 엄마의 자리에서는 늘 결핍을 느낄 수밖에 없다. 이미 한 방향으로만 사고가 굳어져버렸기에, 적극적으로 다른 삶의 유형을 기대하고 상상하면서 희망을 찾을 수가 없는 거다. 우리 엄마 역시, 결핍과 우울에 겨워하다가 가느다란 희망의 끈을 놓고 몸 안에서 스위치를 내려버린 것이라고, 나는 엄마의 죽음을 이해했다.

김중식 시인의 시구대로 내가 아프면 당신도 앓으시는 어머니. 원초적 모성으로서의 엄니. 신문이 조종하는 대로 사고하고 광고에 나오는 대로 욕망하는 엄마. 사회적 모성으로서의 엄마. 어떤 개념을 걸어도 '엄마'는 문화적 산물이고, 가부장제의 희생양이다. 더 이상 엄마들이 아프지 않은 세상을 위해, 나부터 아프지 않고 울지 않는 엄마가 되는 일이 남았다. 자식이 울까 봐 미리 우는 엄마가 아니라, 엄마가 웃어서 자식도 웃게 하는 그런 행복한 엄마들이 많아지는 세상. 엄마가 내게 남겨주신 숙제다.

어머니와 나는 같은 피를 나누어 가진 것이 아니라
똑같은 울음소리를 가진 것 같다고 생각한 적이 있다

_김경주의 시 〈주저흔〉 부분

밥을 먹고
하늘을
보고 ....

소선小仙, 작은 선녀라는 뜻이라고 한다. "지금도 이렇게 작은
데 태어났을 때는 을매나 작았겠느냐"라며 옛날이야기 하듯
당신 생의 기원을 더듬는 할머니가 정겹다. 전태일의 어머니
이소선 여사의 삶을 담은 영화 〈어머니〉의 한 장면이다. 곱고
예쁜 이름만큼이나 영화가 소소하고 재밌다. 노동자의 어머니
로 평생 살아왔는데 그런 칭호가 부담스럽지 않느냐고 물으니
"노동자의 어머니를 어머니라 부르지 뭐라고 부르겠냐"라고
조단조단 말씀하시는데 웃음이 난다. 질그릇처럼 투박하게, 때
론 놋그릇처럼 쨍쨍하게, 때론 유리그릇처럼 투명하게 울리는
어머니의 일상.

　창신동 좁은 골목을 따라 올라간 방에서 고스톱판이 벌어
진다. 어머니는 은행에서 출고된 포장용 동전 꾸러미를 종잣
돈으로 꺼내 놓으며 어느 금융위원장이 고스톱 칠 때 쓰라고
준 거라고 자랑한다. 왼손에 힘이 없어 오른손 손톱을 깎지 못
할 때는 신세 한탄이 구슬프고, 꽃무늬 이불에 드러누워 낮잠
잘 때는 늘어진 뱃살이 강물마냥 출렁인다. 손님들과 앉은뱅
이 밥상 마주하고는 시종 "어서 먹으라"며 끼니를 빨갛게 나눈

다. 초고추장 찍어 굴을 먹고 얼음 띄운 냉면을 비비고 싱싱한 딸기를 건넨다. 그런 어머니가 주먹 불끈 쥔 걸개그림 앞에서 마이크를 쥐는 순간에는 눈썹 하나 떨림 없이 수천수만 노동자를 압도하고, 천둥 같은 박수와 깨알 같은 웃음을 끌어낸다. 마석 모란공원 민주열사묘역에서 아들에게 "그동안 혼자서 잘 있었느냐"고 "사람들이 찾아와서 얘기 많이 하고 가드냐" 묻는 음성은 진흙처럼 척척하다.

몇 년 전 시어머니가 고관절이 부러져 입원하셨다. 연락을 받고 황급히 달려가서 병실 문을 여는데 눈물이 왈칵 쏟아졌다. 나의 생리적 반응에 나조차 당황스러웠다. 늘 세로로 서 계시던 분이 가로로 누워 있으니 낯이 설고 며칠 사이 확 쪼그라든 모습에 안쓰러움이 치밀기도 하였지만, 실은 울 엄마 때문이다. 엄마는 심장계 질환으로 갑자기 돌아가셨다. 긴 병에 효자 없다지만, 엄마가 다만 일주일이라도 앓다가 돌아가셨으면 이별을 예비했을 텐데 싶어 두고두고 한스러웠다. 입원실에 누워 계신 시어머니를 보는 순간 느닷없이 엄마의 얼굴이 개입한 거다. 효심 아니라 통한. 이 눈물의 사회학은, 엄마 장례식장에서 배운 것이기도 하다. 엄마 친구분이 하도 섧게 울어 이제 고만 우시라고 했더니 그러셨다. "니 엄마 가엾어 우는 게 아니다. 내 설움에 우는 거지."

그 후로 종종 목도했다. 노무현 대통령 돌아가셨을 때, 시청 분향소에 가만히 앉아 있으면 들려왔다. 밤늦도록 소주잔을 기울이면서 자기 설움 토해 내는 갖가지 궁상과 청승의 사연들. 소방 호스보다 긴 눈물의 행렬들. 고역의 시절을 살아 내느라 지친 민초들은 광장에 마련된 공식 초상집에 와서 꺼이꺼이 울다가 가곤 했던 것이다. 소설가 박완서는 《친절한 복희씨》에서 눈물에 담긴 미묘한 복합 감정을 멋진 문장으로 정리했다. 첫사랑이었던 그에게 청첩장을 건네니 그 남자가 울더라는 대목이다. "그러나 그건 전부터 예정된 일이었다. 나도 따라 울었다. 이별은 슬픈 것이니까. 나의 눈물에 거짓은 없었다. 그러나 졸업식 날 아무리 서럽게 우는 아이도 학교에 그냥 남아 있고 싶어 우는 건 아니다."

투명한 눈물의 속사정은 이리도 복잡하다. 2011년 9월 31일 향년 여든한 살로 영면에 드신 이소선 여사의 생애 마지막 두 해를 그림자처럼 붙어서 기록한 태준식 감독의 제작 노트에는 이렇게 적혀 있다. "'더 놀다 가지'라는 말을 하는 그녀에게 '자주 찾아뵐게요'를 수없이 반복하며 나오던 창신동 골목에서 전체의 그림을 잡아 가기 시작했다. 조직과 효율이라는 몸에 밴 그동안의 작업 관성을 버리고 작업했다." 따뜻하고 사려 깊은 감독의 눈길이 고맙고도 궁금했다. 그의 가슴에는 어떤 큰

비애의 강물이 있어 한 삶을 이리도 고요히 받아 낸 걸까. 덕분에 나는 이소선 여사의 삶에 나의 삶을 비춰 보는 시간을 가졌다. 사는 게 힘든데 그 힘듦에서 어떻게 재밌고 값지게 살아야 할까, 삶의 기본값으로 주어진 설움과 청승을 어떻게 품고 갈까, 어머니에게 부끄럽지 않기 위해서 아주 구체적으로는 어디에 돈과 시간을 써야 할까를 생각했다.

이소선 여사는 생전에 집회 현장에서 연행이나 구류로 끌려간 횟수만도 250회가 넘는다는데, 어째서 영화에는 억척스러운 투사가 아닌 다정한 선녀가 노니는가. 마음이 너르고 곧고 성정이 귀엽기까지 한 어머니의 영혼을 빌리고 싶다. 남의 입에 밥 들어갈 끼니를 걱정하느라 입술이 부르트고 주름이 늘고 검버섯 피어난 어머니의 생은 얼마나 시적인가.

낫을 가져다 내 허리를 찍어라
찍힌 허리로 이만큼 왔다 낫을
가져다 내 허리를 또 찍어라
또 찍힌 허리로 밥상을 챙긴다
비린 생피처럼 노을이 오는데
밥을 먹고
하늘을 보고
또 물도 먹고
드러눕고
_허수경의 시 〈시〉

나이 든 남자가
혼자
밥 먹을 때

엄마가 돌아가신 후 3년간 매주 월요일 점심 때마다 아버지가
오셨다. 빈 반찬통이 든 가방과 아이들 과자를 한 보따리 들고
오신다. 그러면 나는 일주일치 밑반찬을 만들어서 빈 통에 담
아 드렸다. 반찬이라고 해 봐야 뭐 별거 있을까. 멸치나 북어를
볶은 마른반찬 한 가지, 삼색나물 중 두어 가지, 오뎅이나 두부
조림, 불고기나 오징어볶음 같은 단백질류 등등이다. 일요일에
준비하거나 월요일 아침에 허겁지겁 준비하는데, 그 시간이 한
없이 우울하다.

　왜 우울한가. 아버지가 반찬가게에서 사 드시면 더 다양하
고 맛있는 걸 드실 수 있을 텐데, 아니면 일하는 아주머니를 일
주일에 두 번만 불러도 더 따뜻한 반찬을 드실 수 있을 텐데, 그
리고 나도 부담을 덜 수 있을 텐데, 하는 얄팍한 생각들이 스멀
스멀 기어올라와서다. 매번 돌아오는 끼니의 영원회귀. 차이
없는 반복의 중압감이 버거웠다. 또 아버지는 입맛도 엄청 까
다로워서 엄마가 살아 계실 때 무척 힘들어했고 그것을 항상
나에게 푸념하듯 늘어놓았다. 반찬을 준비하다 보면 엄마의 한
숨이 자꾸 들리는 것 같다. 그러면 아빠가 밉다. 아빠의 이기적

유전자가 싫다.

마음속으로 중얼중얼 생각한다. '아빠도 힘드시겠지만 아이 둘 키우고 살림하고 밥벌이하는 아빠 딸도 좀 힘들지 않겠어요' 혹은 '이번 주는 아파서 못해드리겠어요.' 이렇게 전화 한 통 넣어버리고도 싶다. 내 튼튼한 위장과 팔다리를 원망했다. 하지만 머릿속의 반란일 뿐. 엄마 돌아가시고 3년 동안 단 한 주도 거르지 않았다. 나도 징그럽고 아빠도 징그럽다. 하지만 아빠에게 필요한 건 '반찬'이 아니라 딸과의 '왕래'일 것이다. 나도 그래야 도리라고 생각했다. 초기에는 아빠에게 갖다드렸지만, 나중에는 아빠가 가지러 오시는 게 달라졌다.

마지막 1년쯤은 특별한 일이 없으면 일부러 점심 때 오시라고 해서 점심밥을 차려 드렸다. 그런데 한 끼라도 따뜻한 진지 드시게 하려는 애초의 취지는 간데없고 의지와 행동이 따로 놀곤 했다. 그 날도 아빠가 11시 30분에 오셨다. 그즈음 아빠는 친구들과 2박3일로 여행을 다녀오셨다. 경치가 좋았는지 나들이가 재밌었는지 묻고 싶었지만, 꾹 다문 입이 떨어지지 않았다. 점심만 차려 드리고 부엌에서 반찬을 마저 만들었다. 아버지가 진지를 드실 때 앞에 앉아서 이런저런 얘기라도 나누어 드리면 좋으련만 도무지 그렇게 되질 않았다. 일찍 마누라 보내고 홀로 남은 아버지. 보면 밉고 안 보면 측은하다. 마늘을 다지면서 곁눈질로 흘금흘금 혼자서 점심을 드시는 아버지를 봤다.

나이든 남자가 혼자 밥 먹을 때
울컥, 하고 올라오는 것이 있다
큰 덩치로 분식집 메뉴표를 가리고서
등 돌리고 라면발을 건져올리고 있는 그에게,
양푼의 식은 밥을 놓고 동생과 눈흘기며 숟갈 싸움하던
그 어린 것이 올라와, 갑자기 목메게 한 것이다

몸에 한세상 떠넣어주는
먹는 일의 거룩함이여
이 세상 모든 찬밥에 붙는 더운 목숨이여
이 세상에서 혼자 밥 먹는 자들
풀어진 뒷머리를 보라
파고다 공원 뒤편 순댓집에서
국밥을 숟가락 가득 떠넣으시는 노인의, 쩍 벌린 입이
나는 어찌 이리 눈물겨운가

_황지우의 시 〈거룩한 식사〉

나의
쓸모없음을
사랑한다

추석 연휴 전날 밤, 후배에게 전화가 왔다. 여자친구와 헤어진 현실을 받아들이지 못하며 괴로움을 호소했다. 나는 말하고 또 말했다. "받아들여. 이유를 따지지 마. 이 세상에 논리적 인과성을 비켜 가는 일들이 얼마나 많은데……." 꼭 너처럼 헤어진 이유라도 알자며 매달렸던 인생 선배들이 얼마나 처참히 버려졌는가를 예로 들며, 나는 연애 사건을 포함한 '삶의 부조리'를 연신 설파했다. 내겐 그랬다. 인생에서 중요한 일은 대부분 이유를 알 수 없었다. 그냥 받아들여야 하는 현실로 닥쳤다. 여자에게는 결혼이 삶의 불합리를 체험하기에 가장 적절한 사건이다.

태어나서부터 생활하던 일상의 관습과 규범이 달라지는 장소인 시집이야말로 혹독한 타자 체험의 장이다. 나의 시집은 그 자체로 '모델하우스'다. 생활에 필요한 물건이 적재적소에 정물처럼 놓여 있다. 먼지가 침입할까 봐 베란다와 부엌 등 모든 창문은 굳게 닫혀 있고 고리까지 걸려 있다. 일체의 외부 소음이 차단되고 내부의 인기척도 없는 적요한 공기가 흐르는 가운데, 시어머니는 싱크대 앞에서 주름 잡힌 정장 바지와 단추가 달린 셔츠를 입고 앞치마를 두르고 물일을 하신다. 말이 없으신 시아버지는 늘 신문이나 책을 읽으시며, 시동생과 신랑은 각자의 방에서 나오지 않는다. 신혼 때는 이러한 일상의 풍경이 문화적 충격으로 다가왔다. 명절이라 하룻밤 자고 올 때는 빳빳하게 풀 먹인 새하얀 이불마저도 웬지 부담스러웠다. 새댁 처지에서는 아무래도 행동이 부자유하고 바람이 통하지 않는다는 점에서, 비유로서의 감옥이 아니라 감옥이었다.

위생종결자 시어머니의 살림살이, 특히 주방용 가재도구는 새 상품의 광택을 자랑한다. 수세미는 싱크대용, 냄비용, 일반용, 헹굼용 등 종류별로 네댓 가지다. 처음엔 구분이 쉽지 않아서 싱크대용으로 그릇을 닦는 실수를 저지르기도 했다. 시어머니는 식사 용기는 찬물로 닦고 뜨거운 물로 소독한 후 얼룩이 남았는지 형광등에 비춰 보시고 다이아몬드 보석이 번쩍거려야 찬장에 넣으신다. 신혼 때 설거지 불합격 판정을 몇 차례 받았는데 "결혼 전에 배우지 못했구나!"라는 송곳 같은 말, 난데없는 모녀 비하 발언에 눈물을 삼키기도 했다.

어느 해 명절에는 각각 프랑스와 일본으로 유학 간 후배 두 명에게 연달아 국제전화가 와서 자리를 비웠다가 "시집에 와서 일은 안 하고 전화만 한다"는 뒷말을 들었다. 지금 생각하니 나의 철없고 서툰 행동이 시어머니에게 서운함으로 쌓였다가 그런 일을 구실로 드러난 것일 텐데, 그 당시는 온통 불가해한 상황이었고 나는 무기력했다. 시어머니의 며느리에 대한 도덕적 판단에 대응할 어떤 언어도 찾지 못해서 답답하고 불안했다. 명절이면 무슨 직장 상사와 숙박 면접을 보는 것 같았다. 시어머니의 날벼락은 명절 포함 1년에 네 번 정도 국지성 호우처럼 지나갔다. 그 비를 쫄딱 맞고 나면 감기처럼 일주일을 앓곤 했다.

결혼 생활 10년이 지나고 20년 가까이 되자 어머니의 속눈썹은 하얘지고 기력도 쇠잔해지셨지만 청결 감각은 여전하시다. 이번 명절에는 가만히 어머니의 동선을 바라봤다. 슬로비디오처럼 흘러가는 동작들. 달걀을 꺼내면 손을 씻고 싱크대 문고리를 잡고서도 비누칠해서 손을 닦는다. 프라이팬은 그렇게 자주 쓰는 데도 먼지가 앉지 않도록 비닐로 꽁꽁 묶어 놓는다. 전을 부칠 때는 기름이 튈까 봐 바닥과 싱크대 조리대에 신문지를 깔고, 끝나면 걷어 내고 재차 걸레질을 한다. 요리와 요리 사이, 어머니는 위생장갑을 끼고 베란다로 나가시더니 커다란 락스통을 들고 오셨다. "싱크대 소독해야 돼!" 나는 순간 시어머니가 마스크를 쓴 방역과 직원으로 보였다.

어머니는 일 못하면 죽은 목숨이고 일할 때 제일 행복하다는 말씀을 아직도 입에 달고 사신다. 덕분에 나의 명절 노동량은 많지 않다. 또 내가 프리랜서로 일을 하면서부터는 더 배려해 주신다. 밖에서 고생하는데 일 시키기 미안하다며 전날 차례상에 올려놓을 밤까지 미리 까 놓으실 정도다. 그렇다고 시집에서 책을 읽을 수 있는 것은 아니다. 어쨌든 옆에 서서 주방 보조 노릇을 하며 시어머니의 말벗이 되어 드린다. 명절 당일은 차례상을 차리고 물리고 친지들이 모여 앉아 이야기를 나눈다. 애들 진로 이야기, 건강 이야기 등 더 잘 먹고 잘 사는 방법에 관한 이야기가 아침 드라마처럼 매번 재생산된다. 한참을 듣고 있으면 세상이 낯설어진다. 애들 공부보다 내 공부에 더 많은 시간을 할애하는 나로서는 뭔가 내가 잘못 살고 있는 것 같아 불안하기도 하다. 나 혼자 덩그마니 초라하다. 외로웠다. 대관절 나는 크게 하는 일도 없는데 명절이 왜 피곤한가 했는데 이번에 알았다. 내가 할 수 있는 일이 없고 섞을 수 있는 말이 없어서 그런 것 같다. 수동성의 장에 던져진 채 '의욕하지 않기' '행하지 않기'로 시간을 보내야 하니 극도의 피로감이 밀려올밖에.

시집으로 친정으로 친척집으로 명절 순회가 끝나고 연휴 마지막 날, 저녁 설거지까지 마치고 밤 9시에 집을 나섰다. 아파트 단지 앞 카페로 갔다. 2층 창가로 플라타너스가 하늘거리고 감미로운 음악이 흐르는 그곳은 또 다른 세상이다. 젊은 친구들이 혼자서 혹은 연인들이 기대어 앉아 노트북 전원을 켜고 공부하거나 속닥속닥 이야기를 나누었다. 그 밤에 그 많은 자리가 꽉 찼다. 겨우 구석에 한 자리 구해 앉고는 라즈베리차를 홀짝거렸다. 강력한 에어컨 바람이 살갗에 닿으니 세포가 탱클탱클 살아났다. 재채기가 나고 정신이 깨어났다. 공부하는 신체로 모드 변환. 니체의 《이 사람을 보라》를 폈다. "무화과가 나무에서 떨어진다. 잘 익어 달콤하다: 떨어지면서 그 붉은 껍질을 터뜨린다. 나는 잘 익은 무화과에 불어대는 북풍이다. 나의 벗들이여, 무화과가 떨어지듯 너희에게는 이 가르침이 떨어진다: 이제 그 열매의 즙을 마시고 그 달콤한 살을 먹어라! 온 사방이 가을이고 하늘은 맑으며 오후의 시간이다." 활자가 두 눈에 달려든다. 영혼을 상승시키는 니체의 말. 헤어져 있던 애인과의 상봉처럼 이리도 눈물겨울 수가.

나는 명절이 싫다 한가위라는 이름 아래
집안 어른들이 모이고, 자연스레
김씨 집안의 종손인 나에게 눈길이 모여지면
이젠 한 가정을 이뤄 자식 낳고 살아야 되는 것 아니냐고
네가 지금 사는 게 정말 사는 거냐고
너처럼 살다가는 폐인 될 수도 있다고
모두들 한마디씩 거든다 난 정상인들 틈에서
순식간에 비정상인으로 전락한다
아니 그 전락을 홀로 즐기고 있다는 표현이
맞을지도 모른다 물론 난 충분히 외롭다
하지만 난 편입의 안락과 즐거움 대신
일탈의 고독을 택했다 난 집 밖으로 나간다
난 집이라는 굴레가, 모든 예절의 진지함이,
그들이 원하는 사람 노릇이, 버겁다
난 그런 나의 쓸모없음을 사랑한다

_유하의 시 〈달의 몰락〉 부분

눈물 속으로
들어가
봐

"내가 어떻게 너를 낳았을까. 태어나 줘서 고마워." 딸아이만 보면 하루에도 몇 번씩, 고장 난 벽시계에서 뻐꾸기 튀어나오듯이 수시로 나오는 말이다. 그러면 딸아이는 즉각적으로 화답한다. "괜찮아. 어차피 엄마가 낳았으니까 그렇게 고마워하지 않아도 돼." 114 안내원처럼 나긋나긋한 목소리로 매번 같은 대사가 나온다. 고 작은 입에서. 그걸 지켜보는 아들은 "둘이서 잘한다"라며 질투한다. 남편은 지겹지도 않느냐, 똑같은 말을 몇 년째 하는 거냐고 퇴박 준다.

아무리 설명해도 수컷들은 모른다. 딸아이에 대한 나의 감정은 혈육의 정이라기보다 여성 간의 자매애에 가깝다. 할머니 이전부터 대대손손 피를 타고 전해 내려온 소수자 감수성이다. 딸아이는 내가 비질을 하면 얼른 어질러진 인형과 종이들을 치워 놓는다. 식탁 위에 반나절 묵혀 꼬득꼬득해진 카레밥을 꾸역꾸역 먹고 있으면 "엄마 그거 먹고 체한다" 하며 걱정스러운 눈빛으로 바라본다. 다림질을 하려고 다리미를 꺼내면 옷걸이에 걸린 쭈글쭈글한 셔츠를 얼른 대령한다. "엄마는 나 같은 도우미가 없었으면 아마 주름이 오십두 개쯤 늘었을 거야"라며 살인 멘트까지 곁들인다. 나한테 잘해 주니까 푼수처럼 좋다가도, 쓸쓸하다. 고작 여덟 살인데. 아기 때부터 엄마 젖 물고서 한 몸 되어 눈물의 방을 드나든 딸이라 그런가 싶다.

열 번 잘하다가도 어느 순간 남처럼 등 돌리는 남자들. 지친 몸으로 집에 돌아와서 씻지도 못하고 이틀째 널려 있는 빨래를 걷는데도 꼼짝 않고 누워 있는 남편, 결혼 전 아빠를 볼 때면 좀 궁금했다. '옆 사람 힘든 게 왜 안 보일까…….' 나중에 알고 보니 못 본 척하는 게 아니라 아예 안 보이는 거다. 대대손손 소통불능의 장애를 겪는 남성들. 그렇게 살아도 삶이 유지되었으므로 타인의 심정을 헤아리는 능력이 퇴화한 것이다. 무심함이 무뚝뚝함, 남자다움으로 미화된 데다가 학교나 학원에서 안 가르쳐 주니까 관 뚜껑 닫힐 때까지 모른다. 모르고 편하게 살다가 죽는 남자들이 많으니까 그만큼 한평생 고생만 하다가 죽는 여자들도 많다.

지하철에서 아주머니들을 보면 마음이 짠하다. 자식 키우느라 고장 난 육신을 이끌고 빈자리를 향해 빛의 속도로 달려가는 것도 아주머니들이지만, 의자에 앉아서도 신경줄 놓지 못하고 생면부지의 사람 쿡쿡 찔러서 건너편 빈자리가 났음을 알려 주는 것도 아주머니들이다. 오늘도 내 앞에 앉아 계신 아주머니가 나와 눈이 마주치자 고갯짓으로 건너편 빈자리를 가리키셨다. '힘든 사람'이 '선천적'으로 외면이 안 되는 거다. 한때 딸이었던 사람들은 그렇다. 엄마 따라서 눈물의 방에 갇혀 봤기에 안다. 나지막한 신음 소리. 그곳에서 오래 있으면 들린다. 서로서로 얼굴을 비춰 보는 신통력이 생긴다. 아픔을 향해 열린 36.5도 눈물방에서는.

　내가 서른아홉 되던 해. 여성암 무료 검진을 받으라는 통지서가 서울시에서 나왔다. 기한이 12월 31일까지였다. 병원 가는 일이 좋을 리 없다. 특히 산부인과. 애 낳고 병원을 한 번도 안 갔다가 암에 걸려 돌아가신 김점선 화가를 생각했다. 또 무료 건강검진을 받지 않다가 암에 걸리면 보험 혜택이 없다는 얘기도 들린다. 8년 전 애 낳고 진료실 출입이 한 번도 없었던 나는, 아직 에미의 손길이 필요한 어린 새끼를 둔 나는, 목돈 모아 둔 적금 통장이 없는 나는, 아파도 돌봐 줄 친정엄마가 없는 나는 여러모로 검진을 받아야 했다. 귀찮아 미루다가 12월 30일에 갔다.

　병원 대기실이 미어터진다. 뒤에서 보니 노인학교 강당이다. 백발성성 할머니 할아버지. 그 틈에 있으려니 내가 최연소 막내다. 적막이 흐르는 대기실에 또 다른 젊은 여성이 등장했다. 아버지를 모시고 온 딸이다. 삼십 대 초반 정도 되었을까. 후드티에 청바지를 입은 그녀는 간호사 지시에 따라 2층 진료실로 3층 검사실로 아버지를 수행한다. 몸놀림도 날래다. "이리

오세요. 아빠." "아빠, 여기예요." 아버지 수발드는 싹싹하고 낭랑한 목소리가 복도 끝으로 사라지자 할머니들이 기다렸다는 듯이 웅성웅성 한마디씩 던지신다. "이래서 딸이 있어야 해!" "아들은 남이야. 장가가면 뺏기는 거라고……." "아들이 무슨 소용이에요, 요즘은 딸이 최고지."

며칠 후 남편이 퇴근길에 우편물을 잔뜩 들고 왔다. 건강검진 받은 것도 있었다. 살짝 떨리는 마음으로 통보서를 펴 봤다. 자궁경부암 검진 결과 통보서. 결과는 class2. 반응성세포변화. 6개월 후 정기검진 요합니다. "남편, 이게 뭐야? 암이라는 거야, 아니라는 거야?" "음… 암은 아닌데 완전 정상도 아니네. 정상은 2년마다 받는데 6개월 후에 오라잖아. 근데 별건 아닌 거 같아." 둘이서 그런 얘길 무심히 주고받았다. 당장 정밀검사가 필요한 상황이 아니니까 일단 되었다고 생각하는 중, 아들이 인터넷에서 확인해 보고는 "괜찮은 거래요"라고 결론을 내린다. 나는 부엌에 가서 저녁밥을 하는데, 어째 아빠만 오면 흥분하는 딸내미가 조용하다.

뭐 하나 싶어 봤더니 마루 구석에 뒤돌아서서 고개를 숙인 채 '검진 결과 통보서'를 뚫어지게 쳐다보고 있다. 어른도 판독 불가인 그것을 아이가 해석해 보려고 애쓰는 거다. 뭉클했다. 모른 척 말을 걸었다. "꽃수레 뭐 해?" 아이가 고개를 든다. 멋쩍은 표정에 눈물을 그렁그렁 매달고 말한다. "엄마, 커피 너무 많이 마시지 마. 몸에 안 좋대⋯⋯." "어머, 우리 꽃수레, 엄마가 암에 걸릴까 봐 걱정되니?" 말이 떨어지기가 무섭게 고개를 끄덕이더니 흐앙 울어버린다. "엄마한테는 꽃수레밖에 없구나⋯⋯."

눈물 속으로 들어가 봐
거기 방이 있어

작고 작은 방

그 방에 사는 일은
조금 춥고
조금 쓸쓸하고
그리고 많이 아파

하지만 그곳에서
오래 살다 보면
방바닥에
벽에
천장에
숨겨져 있는
나지막한 속삭임소리가 들려

아프니? 많이 아프니?
나도 아파 하지만
상처가 얼굴인 걸 모르겠니?

우리가 서로서로 비추어보는 얼굴
네가 나의 천사가
네가 너의 천사가 되게 하는 얼굴

조금 더 오래 살다보면
그 방이 무수히 겹쳐져 있다는 걸 알게 돼
늘 너의 아픔을 향해
지성으로 흔들리며
생겨나고 생겨나고 또 생겨나는 방

눈물 속으로 들어가 봐
거기 방이 있어

크고 큰 방
_김정란의 시 〈눈물의 방〉

꽃수레가
요란
하다

'꽃수레'는 딸아이의 애칭이다. 일종의 자화자찬인데, 딸아이가 자기를 그렇게 부른다. 원래는 꽃처럼 예쁘고 방긋방긋 웃는다는 뜻의 '꽃방스'였는데 어감이 뚱뚱해 보인다며 가냘픈 '꽃잎이'로 바꾸겠다고 했다. 그러더니만 또 어느 순간부터 꽃잎이 수북한 '꽃수레'가 좋겠단다. 그런데 꽃수레에 대한 과도한 애착과 무리한 반복 사용이 문제다. 삼복더위에 매미 우는 소리가 따로 없다. 원래 목소리도 또랑또랑한 데다가 하루 종일 말끝마다 '꽃수레' 타령을 하는 통에 밤이 되면 귀가 웽웽 어지럽다.

이런 식이다. '엄마 밥 줘' 해도 될 걸 "엄마, 꽃수레 밥 줘"라고 한다. '나 숙제할게'가 아니라 "꽃수레 지금부터 숙제할게"다. 외출 중에 전화해서는 "엄마, 꽃수레야. 꽃수레 학교에서 방금 왔어. 엄마 없어서 꽃수레 쓸쓸해. 근데 꽃수레 오늘 간식이 뭐야?" 휴대폰으로 꽃수레가 돌진해 오는 느낌이다. 지난주 아들 시험기간에는 꽃수레에게 아빠한테 전화해서 오빠가 밤에 먹을 간식 좀 사 오라고 부탁하랬더니 "아빠, 집에 올 때 꽃수레 간식이랑 오빠 간식 좀 사 와" 한다. 얄밉게도 자기를 앞에 쏙 끼워 넣었다.

　자신의 존재를 부각시키고 사랑받으려는 의지가 거의 꺼져 가는 불씨를 살릴 정도로 지극하다. 대체로 귀엽고 예쁘지만 온종일 집에 같이 있으면 멀미가 날 지경이다. 저번엔 듣다 못해 물었다. "왜 '나'란 말을 안 쓰고 '꽃수레'라고 하니?" 1초도 망설임 없이 답한다. "나(라는 말)보다 꽃수레가 더 예쁘니까." 아무리 그래도. '꽃노래도 삼세번이란 말이 있는데 그건 아니?' 충고하려다 참았다.

　민원을 파악할 겸 아들에게 물었다. "서형이가 꽃수레란 말을 하루에 몇 번 쓰는 거 같니?" "적어도 1분에 한 번은 쓰니까 한 시간은 60분. 집에 있는 시간을 곱해 보세요. 엄청나요. 하여튼 재는 입만 열면 오버야!" 빈 수레가 요란한 게 아니라 우리 집은 꽃수레가 요란하다.

내가 반 웃고
당신이 반 웃고
아기 낳으면
돌멩이 같은 아기 낳으면
그 돌멩이 꽃처럼 피어

_ 장석남의 시 〈그리운 시냇가〉 부분

꽃수레의
명언노트

"엄마, 나도 이제 슬슬 명언노트를 써야겠어!" 어느 날 딸이 인형놀이를 하다가 툭 던지듯 말한다. 느닷없이 웬 명언노트인가 싶어 의아했는데 곧 상황을 파악했다. 한 달 전인가 내가 아들에게 '너도 이제부터 책 읽다가 좋은 구절을 발견하면 모아 명언노트를 써 보라'고 말한 걸 옆에서 귀담아 두고 있다가 불현듯 생각난 것이다. 딸은 둘째 아이 특유의 시샘과 모방이 생존의 동력이다. 내가 아들한테 '학교에서 오면 수저통 좀 꺼내 놓으라'고 말하면 딸은 그다음 날부터 현관에서 신발 벗자마자 수저통부터 싱크대에 올려놓는 식이다.

다 좋다. 명언노트 결심 또한 바람직하다. 그런데 문제는 딸이 책을 거의 읽지 않는다는 것이다. 놀 때는 주로 인형놀이를 하거나 그림을 그리거나 놀이터에 나간다. 그러고도 시간이 남아야 책에 손이 가는데, 독서 취향이 그리 고급하지는 않다. 《전래동화 전집》이나《캐릭캐릭 체인지》《라라의 스타일기》같은 핑크만화류를 본다. 그걸 마르고 닳도록 섭렵하고 주인공 캐릭터를 보고 그리기도 한다. 워낙 재밌게 노니까 특별히 제재하지 않았다. 첫애 같았으면 창작동화, 과학동화 같은 교양도서로 골라 몸소 목청 터져라 읽어 줬을 텐데. 둘째는 귀찮기도 하고 모든 행동에 대해 한없이 관대해진다. 거의 부처님의 수준의 사랑과 자비심이 솟는다고나 할까. 책을 읽어도 예쁘고 안 읽어도 예쁜데 명언노트까지 쓴다니까 황당하면서도 신통방통 기특했다. 여덟 살 인생의 명언노트 첫 문장은 바로 이것이다.

"나한테는 임무가 있소." 실은 전에 뽑아 둔 문장이다. 작년엔가 "나도 엄마처럼 책에다가 줄 칠래"라며 자못 의욕적인 표정으로 만화책에다 까만색 사인펜으로 자까지 대고 반듯하게 밑줄을 그어 두었던 것이다. 그걸 쓰면서 딸이 물었다. "엄마, 근데 임무가 뭐야?" "응. 자기가 맡은 일을 임무라고 그래. 근데 서형이는 왜 그 말이 좋았어?" "그냥. 임무가 멋진 말 같아서……." 말끝을 흐리며 배시시 웃는다. 비록 작은 아이라도 자기 생에 주어진 어떤 임무를 느끼는 걸까.

두 번째 오른 명언은 "백문이불여일견." 출처는 《뚱딴지 속담여행》이고, 세 번째 명언으로 "파리고등사범학교"가 등재된 사연은 이렇다.

그날 베르그손의 《의식에 직접 주어진 것들에 관한 시론》이 배달되었다. 니체의 자유의지 비판에 관한 부분을 참고하려고 구입했다. 새 책을 본 나는 어김없이 살짝 흥분했다. 책의 여기저기를 어루만지고 쓰다듬고 들춰 보고 펴 보며 애정행각에 여념 없던 중 베르그손의 생애에 관한 부분을 발견했다. 나는 책상에서 책을 그대로 들고 일어나 아들 방으로 직행했다. 학원 갔다 와서 피곤하다며 요에 누워 뒹굴고 있는 아들 옆에 나란히 엎드렸다.

"아들아, 베르그손이란 철학자가 있는데, 파리고등사범학교가 원래 고등학교 졸업하고 통상 2년은 준비해야 들어갈 정도로 어려운데 글쎄 열아홉에 입학했대. 거기 나와서 꼴레주 드 프랑스 교수도 하고 노벨문학상까지 받았대. 훌륭하지 않니? 철학과 문학의 완벽한 구현. 이건 완전히 엄마 이상형이야!"

실은 '좀 본받았으면' 하는 얄팍한 마음에 한 줄 한 줄 마음 담아 읽어 줬는데 점점 감동이 물결쳐 나도 모르게 책장이 술술 넘어가고 있었다. 안 그래도 잠이 쏟아지는데 엄마가 웬 '듣보잡' 철학자의 생애를 읊어대니, 듣는 아들 입장에선 얼마나 자장가처럼 달콤했을까. 마른침을 삼켜 가며 한참 읽다가 침묵의 기류가 느껴져 옆을 보니, 역시나 아들은 평화와 안식이 깃든 얼굴로 쿨쿨 자고 있었다.

이번에도 수혜자는 딸내미다. 내가 아들과 길게 얘기하면 "왜 엄마는 오빠랑만 얘기해?" 하며 시샘을 부리는데 그날은 아예 옆에서 피아노를 딩딩 치면서 방해 공작을 펴던 참이다. 근데 오빠가 잠들고 내가 책장을 덮자 갑자기 자기 책상으로 조르르 달려간다.

"엄마, 나 그거 명언노트에다가 쓸래. 파리고등학교."

"파리고등학교가 아니라, 파리고등'사범'학교야. 고등학교가 아니고 대학교 이름이야. 근데 그걸 명언노트에 쓴다고?"

"응. 엄마가 좋은 거라고 그랬잖아."

이것은 진정 눈칫밥 8년의 탐스러운 결실이었다. 어찌나 상황 판단이 민첩한지.

친정엄마 제사를 지내고 온 날은 딸과 단둘이 목욕을 하는데, 그날은 내가 우울해 보였는지 딸이 이런저런 말을 시켰다. "엄마, 사람은 청결해야 되지이?" "응." "나, 이거 명언노트에 쓸래." "그래, 써……." 제사 준비로 하루 종일 동동거렸더니 좀 지치길래, 평소와 달리 시큰둥하게 대하고는 딸을 씻겨서 먼저 내보냈다. 그랬더니 나가자마자 또 큰 소리로 말을 건다.

"엄마. 사람은 그리움으로 사는 게 아니라 기쁨으로 산다. 이거 어때? 나 이거 명언노트에 쓸까?"

"응. 참 좋은 말이다. 어느 책에서 봤어?"

"내가 지어냈어."

"정말?"

"응, 진짜야아아."

여덟 살의 창작물이라고는 믿기지 않을 만큼 훌륭한 잠언이다. 한편으론 믿기기도 했다. 원래 오랜 관찰 끝에 명문이 탄생하는 법. 촉수가 늘 엄마를 향해 있는 딸은 평소에도 나의 심리 상태 파악에 뛰어났다. 엄마 돌아가신 초기에 내가 멍하니 있으면 "할머니 생각하지?"라고 묻곤 했다. 매사 그런 식이다. 제법 예리하게 상황을 파악하고 본질을 꿰뚫는다. 어떻게 그렇게 엄마 마음을 잘 아느냐고 물으면 "꽃수레가 원래 효심이 지극해서 그래"요런다. 맞다. 엄마가 웃지 않으면 알아차리고 애처로워하면서 웃게 하려고 애쓰는 존재가 딸이다. 아무튼 나중에 명언노트에 쓴 걸 보니 기쁨 대신 행복이라고 적혀 있다. "사람은 그리움이 아니라 행복으로 산다." 왜 행복이라고 썼느냐고 물었더니 답한다. "행복이랑 기쁨은 어차피 똑같아."

방학 동안 딸은 그림일기 쓰느라 명언노트에 시들해졌다. 나도 잊고 있었다. 그러던 어느 날 청소를 하다가 우연히 명언노트를 발견했다. '뭐 업데이트된 거 있을까' 하며 호기심에 들춰 봤더니, 떡하니 한 줄 추가되었다. "신종플루." 이건 뭐 시사용어집도 아니고, 절대적이고 상대적인 지식의 백과사전도 아니고, 중구난방이다. 명언이 추가될 때마다 명언노트의 정체성이 갈수록 모호해지고 있었다.

그 후 명언노트는 "귀를 위로해 주는 것은 오직 하나 음악뿐이다" "따뜻한 사람이 되어야 합니다" "자식은 어려서 부모를 찾고 부모는 늙어서 자식을 찾는다" "내 곁에 좋은 친구 한 명이 있다면 그것은 희망입니다" 등 제법 유의미한 내용으로 채워지는가 싶더니만, 또다시 돌발 명언이 등재되었다. "차를 기다릴 땐 인도에서!"

이것의 출처는 가정통신문류의 유인물이다. 꽃수레는 학교에서 배웠다며 교통질서 지키기에 대해 나를 붙들고 열심히 설명했다. 그러더니 "선생님이 참 중요한 말이라고 했으니까 이거 명언노트에 쓸래" 그런다. 수첩을 꺼내어 쓱쓱 적었다. 그런데 다 쓰고 나니, 자기도 어감이 이상했던 모양이다. 뭔가 앞의 고상한 명언들과는 좀 차원이 다르고 튄다고 여겼던 걸까. 대뜸 묻는다. "엄마, 근데 명언이 뭐야?" 근본 물음에 봉착한 꽃수레의 명언노트. 다음 편이 기대된다.

내용 없는 아름다움처럼

가난한 아희에게 온
서양 나라에서 온
아름다운 크리스마스 카드처럼

어린 양들의 등성이에 반짝이는
진눈깨비처럼

_ 김종삼의 시 〈북치는 소년〉

앵두와
물고기 ....

집에서 물고기(구피)를 키우는데, 점싹이라는 새끼 물고기 한 마리가 제법 커서 세 마리를 더 사다 넣었다. 그랬더니 꽃수레는 황점싹·이등싹·박납싹·김흥싹 등등 무슨 고전동화에 나오는 첨지 같은 이름을 붙여서 아침저녁으로 밥을 주고 보살폈다. 구피 사총사는 더욱 날랜 몸놀림으로 물속을 유영했고 새끼를 순풍순풍 낳기 시작했다. 어른 네 마리, 새끼 스물여섯 마리. 총 서른 마리로 식구가 늘었다. 이 기적의 드라마에서 총연출은 오롯이 꽃수레다.

　딸아이는 식탁에 잔멸치볶음이 나오면 두 손을 귀에다가 나팔처럼 모으고 어항 쪽으로 몸을 기울인다. 잠시 후, "뭐라고 점싹아? 엄마, 이 멸치는 점싹이의 사촌 형이래"라는 대사를 친다. 백화점 생선 코너에서 고등어를 보면 또 집에 있는 납싹이와 교신을 시도한다. "이 고등어는 20억 년 전 죽은 납싹이 조상이래." 저녁을 먹고 나면 "엄마, 흥싹이가 배고파 죽겠대. 자기만 먹지 말고 나도 밥 좀 주래" 하고 물고기 밥을 꺼낸다. 이제는 새끼까지 생겨서 일손이 더 분주하고 말이 더 많아졌다. 수시로 어항을 들여다보는 바람에 그 작은 것들 몸통에서 지느러미가 나오고 꼬리가 생기는 아주 미세한 차이까지 잡아낸다.

휴대폰으로 동영상과 사진을 찍어 친구에게 자랑하고 납싹이의 옆모습, 앞모습, 뒷모습, 위에서 본 모습, 아래에서 본 모습 등 성장 과정을 그림으로 남긴다.

꽃수레가 구피를 재미나게 키우는 것을 지켜본 딸 친구가 덥석 어항을 샀다고 했다. 우리 모녀는 그걸 구경하러 갔다가 《토끼전》에 나올 법한 대궐 같은 어항과 수초에 기가 죽어버릴 정도였다. 한 달 후, 친구네 물고기 이십여 마리가 몰살했다는 비보가 들려왔다. 우리는 새끼를 또 낳았다고 했더니 그 화려한 어항을 우리 집에 갖다 줬다. 이틀간 방치하다가 수레의 등쌀에 못 이겨 그 큰 어항에 납싹이들을 옮기기로 했다. 어항이 커서 바가지로 물을 날랐다. 몇 번 왕복하니 귀찮아서 '네 물고기니까 네가 물을 나르라'고 수레한테 떠넘겼다. "알았어, 내가 할게"라며 흔쾌히 바가지로 물을 나르던 꽃수레. 자기도 힘들었는지 바가지를 들고 쩔쩔매면서 푸념하듯 내뱉는다. "에유, 납싹이들 죽기 전에 큰 집에서 호강 한 번 시켜 주려고 했더니 이렇게 힘이 드네!"

웬 할머니가 들어앉은 듯 구성진 대사에 나는 웃음보가 터졌다. 큰 집에 살고 싶은 자기 욕망을 투사하는 것처럼도 보였다. 꽃수레는 신바람이 나서 중얼중얼 납싹이와 활발히 교신했다. 저것이 어린아이일까 찬찬히 들여다봤다. 나중에 작은 수족관을 운영하거나 작은 동물을 돌보는 아이의 모습이 그려졌다. 친정엄마가 화초를 아주 잘 키우셨다. 죽어 가던 화초도 살려 내던 엄마 덕분에 우리 집은 늘 식물원을 방불케 했다. 난 화초도 못 키우고 반려동물도 별로다. 사람 아닌 것에 좀처럼 마음을 주지 못하는 무정한 여인이다.

살아 있는 것을 돌보는 그 성가신 일을 즐기는 꽃수레. 딸아이는 2박3일 휴가 가서도 안절부절, "납싹이들 다 굶어 죽으면 어떡하느냐"라며 수시로 근심이 서렸다. 속초에서 회를 먹을 때는 "등싹이 증조할아버지의 친구분"이라며 애도를 표했다. 오빠한테 '만날 똑같은 레퍼토리 반복하냐. 시시하다. 지어내지 말라'는 구박을 들어가면서도 꿋꿋하다. 옷을 입은 채 바다에 철퍼덕 앉아서는 "납싹이 고향이라 더 아늑하다"라며 싱긋이 웃는다. 자기가 구피라도 된 양 물속에서 파도에 밀려갔다 밀려오며 좋아라 했다. 모르는 사람이 봤으면 좀 '이상한 아이'로 보일지도 모를 대사들을 연신 남발해 가면서. 꽃수레가 앞으로 얼마나 더 납싹이들과 대화를 나누고 물고기가 되어 바다에 몸 담글까를 생각하니, 잠시나마 아이 성적을 걱정하던 마음이 쏙 들어갔다. 자기 삶을 예술로 만드는 방편으로서의 공부라면 아이와 대화하면서 천천히 해 나갈 수 있을 것 같다.

2년이 흘렀다. 꽃수레의 지극한 돌봄으로 구피는 백여 마리로 증식했다. 어항도 두 개로 늘었다. 정말 번식력 왕성한 녀석들이다. 많이씩 태어나고 몇몇이 죽었다. 고만고만한 구피 무리에서 용케도 초기 멤버 네 마리를 찾아 안색을 살피던 꽃수레는 어떤 불길한 예감이 들었는지 파워포인트로 '납싹이가 늙어 가고 있다'는 자료를 만들기도 했다. 그러고 보니 그 녀석들이 어쩐지 생기를 잃어 가는 듯도 보였다. 유행가 가사대로 왜 슬픈 예감은 틀린 적이 없는지. 며칠 간격으로 납싹이와 홍싹이는 운명을 달리했다. 딸도 울고 나도 울었다. 모녀가 등 돌리고 앉아서 휴지로 코 풀어 가면서 눈물 훔쳤다. 구피의 평균 수명이 2년이라 각오는 했었지만 막상 죽으니까 서운했다. 그리고 관행대로 제사를 지내 줬다.

구피의 첫 제삿날이 떠오른다. 하루는 아주 작은 새끼가 죽자 딸아이는 제사를 지낸다고 수선을 피웠다. 식탁 위에 양초 켜고, 휴지로 싼 시신을 놓고, 물고기 밥을 접시에 소복이 담아 제사상을 차리고는 나더러 백팔 배를 같이 하자고 권했다. 얼떨결에 따라하면서 숨차고 웃기고 찡했다. 모녀의 몸뚱이가 접혔다 펴지면서 거실 바닥이 채워졌다 비워졌다를 반복했다. 오십일 배… 오십이 배… 오십삼 배… 물고기가 나를 향해 다가오고, 나는 그 다가옴에 응답한다. 마침내 사유 돋았다. 어항 물갈이가 귀찮다고 물고기 없던 시절로 돌아가길 바랐던 나의 게으름과 나태함을 반성했다. 내 안에 사는 것들이 다 사라지면 나라는 개체도 해체되겠구나. 인간은 항상 자기 아닌 자에게 열려 있을 수밖에 없구나 등등. 납싹이 새끼의 사망이 함께-있음의 존재론까지 뻗어 가자 푸푹 웃음이 났다. "엄마, 너무 작은 생명이 죽었는데 절하려니까 웃겨?" "아니, 아니⋯⋯."

고 몰랑몰랑한 열매 속에

고 새빨간 살 속에

동글동글한 앵두 속에

돌보다 더 단단한 씨가 들어 있다.

그것을 알아야 한다.

그 연하고 부드럽고 고운

쬐꼬만 알 속에

야무진 진실이 들어 있다는 것을⋯⋯

_이오덕의 시 〈앵두〉 부분

중학생
아들의
첫 시험

아들이 중학교에 입학하고 첫 시험을 봤을 때다. 그러니까 중
간고사 성적표가 나온 날. 수학을 49점 받았다. 내 눈을 의심
했다. 94점이 아니라 분명히 그것은 49재 할 때 그 숫자. 4989
할 때 그 숫자. 49점이었다. 어이 상실. 초등학교 6년 동안 거의
100점이었는데. 아무리 중학교 수업이 어려워도 그렇지, 어떻
게 몇 개월 사이에 수준이 이렇게까지 추락하나. 납득이 가지
않았다. 화가 치밀었다. 아들이 아니라 남편한테. 입술을 앙 깨
물고 문자 메시지를 넣었다. "오늘부로 당신은 해고야!"

　아들은 남편한테 일주일에 두 번 과외를 받았다. 남편은 자
기가 수학경시대회에서 전교 1등이었고 대학 때도 수학 성적
이 제일 좋았다고 자랑했다. 결혼 후에도 머리가 복잡할 때면
연습장 펴 놓고 샤프 들고 《수학의 정석》을 풀길래 믿었다. 학
원비도 아낄 겸 남편한테 맡겼다. 그런데 결과가 이렇게 나오
자 몹시 황당했다. '똑똑한 내 아들을 망쳐 놓다니. 뭐, 개념 확
립 위주의 열린 교육? 말이 좋다! 어흑……'

　남편한테 애프터서비스 확실히 하라고 엄포를 놓았다. 어
느 토요일 오후, 부자지간에 학원을 알아본다며 집을 나섰다.

닮은꼴의 뒤통수가 나란히 걸어가는 게 좀 불쌍해 보였다. 학원에 가면 상담하고 레벨 테스트를 봐서 반 편성을 하는데 아들은 '기본이 안 되어 있다'는 매서운 판정을 받고 최하위권 반을 들어갔다. 그렇게 한 달 반을 수업을 받고, 기말고사를 치렀다. 결과는 놀라웠다. 수학이 100점이었다. 이번에도 어이 상실. 아니, 배춧값 파동도 아니고 이게 도대체 뭐냐. 물론 49점보다야 100점이 낫지만 별로 기쁘지 않았다. 49점도 100점도, 둘 다 내 아들의 점수가 아닌 거 같았다. 어떻게 이런 일이 가능한가. 초등학교는 점수만 나오지만 중학교는 과목별 전교 석차가 나온다. 아들 다니는 중학교는 특목고 진학률 전국 1위다. 아이들 학습량이 장난 아니다. 상위층이 두텁다. 수준이 비슷비슷한 애들 칠백 명을 줄 세우려니 문제의 난이도가 매우 높다. 그러므로 학원에서 문제 유형별 노하우를 배우지 못한 어리바리한 애들은 헤매는 거고, 전문가에게 문제풀이 스킬을 습득하면 성적 관리가 확실히 되는 거다. 수학 점수 파동을 겪으면서 알았다. '엄마들이 이래서 학원을 보내는구나…….'

1학기가 지나고 아들은 2학기 중간고사와 기말고사를 봤다. 예수 천국 불신 지옥이 아니라, 학원 천국 독학 지옥이었다. 학원을 다니는 영어, 수학이랑 원래 좋아하는 역사를 제외한 나머지 과목은 심란했다. 늘 시간이 부족해 허둥댔다. 자기주도 학습을 하기엔 교과목도 너무 많고 잠도 너무 많았다. 적어도 향후 6년 동안은 둘 중 하나가 적어야 한다. 잠과 학습이 같이 갈 수는 없는 노릇이었다.

한 시간 넘도록 방에서 안 나오고 조용해서 방문을 스윽 열어 보면, 안경이 이마 위로 올라가 있고 입을 헤벌리고 늘어지게 자고 있다. 그걸 보면 가슴이 쿵 내려앉았다. 하도 잘 자고 잘 먹어서 7월 해바라기처럼 쑥쑥 자라고 얼굴이 희다 못해 밀가루 뒤집어쓴 거마냥 뿌옇게 피어나는 아들을 보노라면, 웃고 있어도 눈물이 났다. 그런다 한들 어쩌겠는가. '그래, 청소년기에는 건강이 최우선이지' 하며 마음을 달랠밖에.

유치원 다니는 동생이랑 한 시간이고 두 시간이고 신나게 베개 싸움 하는 걸 볼 때마다, 명색이 중학생이란 놈이 성탄절 이브에 '산타 할아버지가 양천구청장이냐'고 호기심에 가득 차 물어보더니, '그럼 창문으로 오는지 현관문으로 오는지, 그것만 가르쳐 달라'고 말하는 걸 보면서 '천성이 밝아서, 그래도 얼굴에 그늘이 없어서 다행'이라며 위안해야 했다.

아들이 새 나라의 어린이처럼 밤 10시를 전후로 잠이 드니까 좋은 점도 있다. 새벽에 일찍 일어나서 혼자 토스트도 해 먹고, 엄마 피곤할까 봐 안 깨웠다며 학교 가는 아들 녀석이 기특하기도 하다. 내가 기분 좋은 날엔 아들의 기분도 높이 띄웠다. "아들아, 너는 잘생기고 요리도 잘하고 피아노도 잘 치니까 정말 일등 신랑감이다." 가끔은 내가 바빠서 이것저것 신경 못 써 주는 미안함을 무마하고자 큰소리도 쳤다. "아들아, 엄마 잘 만난 줄 알아라. 나처럼 잔소리 안 하는 엄마가 있는 줄 아니?"

이렇게 저렇게 레퍼토리를 바꿔 가며 불쑥불쑥 고개를 내미는 '불안과 초조'를 달랬다. 그러면서도 시험을 한 번 치를 때마다, 아니 성적표를 받아 볼 때마다 엄마로서 아주 현실적인 타협점이 찾아졌다. 아들의 중학교 생활이 자리 잡아 갈수록 대한민국 전도가 가슴에 절로 새겨졌다. 명문대에서 인in 서울대로, 경기권을 넘어 지방대로. 수용 가능한 대학 범위가 경부선 타고 중앙선 넘고 비행기 타고 제주도까지 아주 그냥 쭉쭉 뻗어 갔다. 그럴 때면 존경하는《녹색평론》의 김종철 대표님 말씀을 되새겨 보기도 했다. "자식 대학 안 보내기 운동을 해야 합니다." 그렇지. 앎과 삶의 일치가 중요하지. 암, 중요하고 말고!

늦게
.... 피는
꽃도 있다

중학교 2학년 아들의 기말고사 마지막 날. 월화수목. 긴 나흘이 지났다. 아들이 시험을 볼 때마다 은근히 벌서는 기분이다. 도대체 아들이 시험을 보는데 왜 내가 시험에 드는지 모르겠다. 아마도 시험을 잘 보길 바라기 때문이겠지. 엄마의 욕심과 기대, 조바심을 놓았다고 하면서도 놓지를 못해서 그럴 거다. 아들의 시험기간엔 나도 육체적으로 힘들다. 아침·점심·저녁 삼시 세끼에다 간식에다 영양식까지 해야 한다. 시험 며칠 전부터 이팜, 초록마을, 한살림, 현대백화점, 동네 가게를 순회하면서 장을 몇 보따리씩 봐다 날랐다. 그럼 뭐하나 지금은 냉장고가 텅텅 비었다. 아무튼 일단 만 18세까지는 먹이는 거라도 잘 먹이고 아들과 사이좋은 관계를 유지하는 것을 엄마로서의 역할이자 목표로 삼고 있다.

난 정말 좋은 엄마 되려고 이렇게 눈물겨운 노력 중이지만, 어제는 기말고사 종료 하루 앞두고 아들이랑 싸웠다. 9시 반 즈음. 글을 쓰다가 문득 이상해서 '엄마의 직감'으로 아들 방 문을 열어 봤더니, 아니나 다를까 쿨쿨 자고 있었다. 시험 첫날부터 당일치기하느라고 새벽 서너 시에 일어나 설치더니 마지막 날

되니까 배터리가 다 닳은 거다. '피곤도 하겠지…… 아무리 그래도 저 잠탱이가 정말! 으이구!' 불쌍하기도 하고 한심하기도 하고. 마음 같아선 "일어나" 버럭 소리를 지르려다가 조용히 흔들어 깨우고는 아들이 의자에 앉는 걸 보고 나왔다.

5분이나 지났을까. 아들이 거실로 나오더니 "엄마, 저 미술 공부 다했어요" 그런다. "방금까지 자 놓고 뭘 다해." "누가 자요?" "너 잤잖아." "안 잤는데요!" "뭐? 엄마가 방금 너 깨우고 나왔거든. 5분 전에." "진짜 안 잤어요. 지금까지 미술공부 했다고요." "세수하고 와라. 니가 잠이 덜 깬 모양이다." 아들이 장승처럼 그대로 서서는 닭똥 같은 눈물을 줄줄 흘린다. 너무 억울하단다. 자긴 정말로 안 잤다고 우긴다. 나는 너무 기가 막혀서 소리를 버럭 질렀다. "너 진짜 안 잤어?" "네에!!" "진짜?" "네!" "알았다. 그럼 엄마가 귀신을 봤구나!"

이것이 시방 전쟁이냐 시트콤이냐. 내가 지금 아들이 풀어 놓은 파이널 총정리 채점을 하고 있어도 부족할 판에 잠꼬대하는 아들이랑 싸움이나 하다니. 이런 시추에이션이 너무 한심했다. 부글부글 끓는 속을 달래느라 심호흡을 하고 있는데, 아들이 방문을 '쾅' 닫고 들어간다.

나는 용수철처럼 벌떡 일어나 아들을 뒤따라 들어가 퍼부어 댔다. "너 공부한다고 유세야? 엄마가 그동안 인권 보호 차원에서 봐줬는데 도저히 못 참겠다. 학생이 시험 때 공부하는 게 당연하지. 너만 힘드니? 이 세상에 태어난 사람은 다 힘들어. 덩치가 커지면 참을성도 커져야지. 힘든 것도 견디고 졸려도 참고 그러면서 성장하는 거야. 알량한 지식 몇 개 더 배우는 게 시험이 아니야. 인내심. 집중력. 힘들어도 참는 법. 친구들과 성적도 겨루고. 부모의 기대를 저버리지 않으려고 노력도 하고. 이런 걸 다 배워 나가야지 멀쩡한 어른이 될 거 아니야!"

알아듣는지 못 알아듣는지 일단 해대고 나왔다. 문득 쓸쓸했다. 겁에 질렸는지 기가 찬 것인지 말대꾸도 안 하고 나를 물끄러미 쳐다보는 아들. 나보다 키가 더 큰 아들과 대적하려니 조금 무섭기도 했다. 허리에 두 팔 짚고 고개 처들고 째려보면서 따지는 나의 모습이 왠지 안쓰러웠다. '내가 고생이 많다……' 불과 10분 사이 한바탕 악몽을 꾼 것처럼 강렬한 사건이 지나갔다. 잠도 덜 깬 철부지 아들이랑 도대체 뭐 하자는 건지. 그래도 얄미웠다. 궁시렁궁시렁 속으로 마저 퍼부었다. '저게 내 뱃속에서 나온 주제에 컸다고 잘난 척이야. 흥이다 이놈아. 나한텐 딸도 있다. 왜 이러셔.'

장마철 눅눅한 장판에 누워 이리 뒹굴 저리 뒹굴 하다가 덧셈 배우는 딸내미처럼 손가락 열 개를 접었다 폈다 하며 세어 봤다. 2학기 중간-기말 두 번, 중 3부터 고 3까지 1년에 네 번씩 열여섯 번. 합이 열여덟 번만 참으면 된다. '4년 반, 그까이꺼! 나는 할 수 있다. 근데, 근데… 참 길긴 길다.'

마음을 다독였다. 앞으로 잘 보내야지. 아들이랑 싸우지 말아야지. 엄마 품에 오라고 하면 얼른 와서 가로로 길게 안기는 아들. 언제까지 안길지 모르겠으나 안길 때 많이 안아 주고 쑥쑥 크라고 엉덩이 두드려 줘야지. 잘생겼다고 뽀뽀해 줘야지. 신체 건강하게 키우면 설마 밥 굶기야 하겠어. 기대하지 말아야지. 교우 관계 원만하잖아. 동생도 잘 보고. 계란밥이랑 토스트도 잘 하고. 피아노도 잘 치고. 그래, 뭘 더 바래. 국산사자음미도기가. 어떻게 다 잘해. 그래, 외우자. '행복은 성적순이 아니다. 오늘이 행복하지 않으면 무효다. 늦게 피는 꽃도 있다. 그러다가 안 필 수도 있다. 그래도 된다. 생명이 있는 모든 것은 아름답다.'

우리가 싸운 것도 모르고
큰애가 자다 일어나 눈 비비며 화장실 간다
뒤척이던 그가
돌아누운 등을 향해 말한다

……당신…… 자……?
저 소리 좀 들어봐…… 녀석 오줌 누는 소리 좀
들어봐…… 기운차고…… 오래 누고……
저렇도록 당신이 키웠잖어…… 당신이……

등과 등 사이를 흘러가는 물소리를
이렇게 듣기도 한다

담이 걸린 것처럼
왼쪽 어깨가 오른쪽 어깨를 낯설어할 때
어둠이 좀처럼 지나가주지 않을 때
새벽녘 아이 오줌 누는 소리에라도 기대어
보이지 않는 강을 건너야 할 때
_나희덕의 시 〈물소리를 듣다〉

아들에게
읽어 주고픈
글

아들의 고등학교 입학식 날. 애들 학교 보내 놓고 오전 내내 잤다. 긴긴 겨울방학, 늦잠형 인간으로 길들여진 몸이 자동적으로 육신을 침대로 이끌었다. "엄마는 입학식에 오는 거 아니다"라는 아들 말을 덜컥 수용하고 집에서 게으름을 피운 것이다. 정말이지 나는 쉬고 싶다. 아들의 고등학교 진급에 심한 피로감을 느낀다. 며칠 전에는 교복을 사러 갔더니 다 팔리고 없어서 다섯 군데나 되는 교복 매장을 순회했다. 마지막 매장에서 엄청 큰 재킷 하나 겨우 확보해 동네 수선집에서 사이즈를 대폭 줄였다. 하마터면 교복도 못 입혀 학교에 보낼 뻔 했다. 설마 교복이 품절되었을 거라고는 상상도 못했다. 졸지에 '게으른 엄마' 되었고, 매장마다 '왜 이제야 사러 나왔냐'고 잔소리를 들어야 했다. 교복 사는 것까지 속도 경쟁을 해야 하나. 남보다 더 빨리 더 많이. 이 속도감을 따라가기가 벅차다.

입학 전 배치고사도 은근히 신경 썼다. 고등학교에서 우리 아이의 위치가 어느 정도가 될지 염려스러웠다. 고등학교는 수능 체제이고 수능은 곧 인생 등급표다. 막연하던 현실이 구체적으로 다가오자 무력감을 느꼈다. 도망갈 수도 저항할 수도 없는 바보 같은 처지라니. 그나마 아들 학교는 나은 거였다. 명문으로 소문난 집 근처 고등학교에서는 반 배치고사를 일주일 사이에 무려 세 차례나 치렀다고 한다. 스카이 진입의 꿈을 품고 목동에서 대치동으로 이사 가서 강남의 명문고에 들어간 아들 친구는 입학 전부터 배치고사를 두 차례 치르고 성적표도 두 번이나 받았다고 한다. 입학도 하기 전에 자기 아들의 현 위치를 적나라하게 파악했노라고 그 엄마가 전화를 걸어 하소연했다. 섬뜩했다. 각 고등학교마다 명문대 진학률 높이려 혈안이다. 엄마와 아이들을 쉼 없이 닦달한다. 마른 행주 짜듯이 짜고 또 짜면서 부모와 아이들 숨통을 조인다.

상황이 이렇다 보니 시험대에 오른 기분이다. 나는 얼마나 담대한 엄마가 될 수 있을까. 사교육 폐지를 주장하는 남편과 다퉈 가면서 아들을 당분간 수학학원에 보내기로 했다. 고등부가 되니 학원 수업료도 올랐다. 솔직히 돈이 아까웠다. 아들이 원했고 나도 안 보낼 용기가 없었다. "너 혼자만 잘 살라고 돈 들이고 밥 먹여서 공부시키는 거 아니다! 땀 흘리는 사람이 존경 받는 세상을 만들어야 해." 괜히 아들에게 한마디 던지면서 나의 소심한 선택에 물타기를 했다. 돈 있는 집 아이나 없는 집 아이나 공평한 기회가 주어져야 하는데, 지금은 너무 불공평하다. 계급 재생산의 메카가 되어버린 대학. 그것을 당연시하는 우리 사회 풍토에 따르자니 화가 치민다.

아들 입학식이 끝났다. 내일부터 정상 등교다. 일단 주사위는 던져졌다. 날마다 주사위를 던져야 새로운 날이 열린다. 앞이 보이지 않아도 가 보는 거다. 오후 무렵, 커피로 정신을 일깨우고는 답 없는 고민에 종지부를 찍고자 루쉰의 산문집《아침꽃을 저녁에 줍다》(1991)를 폈다. 은혜롭게도 나를 위한 글이 준비되어 있었다. 루신이 아리시마 다케오有島武郎 저작집에서 읽은 좋은 글이라며 통째로 이 책에 인용했다. 그리고 100년을 돌아 지금 이 순간, 내게로 왔다. 고등학생이 되는 아들에게 읽어 주고픈 글. 제목은〈아이들에게〉.

시간은 자꾸 흘러간다. 너희들의 아버지인 내가 후에 너희들에게 어떻게 비칠 것인가? 그것은 상상할 수 없다. 아마 내가 지금 여기서 사라져 간 시대를 비웃고 연민하듯, 너희들도 나의 케케묵은 마음가짐을 비웃고 연민할지 모른다. 나는 너희들 스스로를 위해 그렇게 하지 않기를 바라고 있다. 너희들은 나를 발판으로 삼아 높고, 멀리 나를 뛰어넘어 앞으로 나아가야 한다. 세상은 몹시 쓸쓸하다. 우리들은 그저 이렇게 말만 하며 태연히 있을 수 있을까? 너희들과 나는 피의 맛을 본 짐승처럼 사랑을 맛보았다. 가자, 그리고 우리들 주위의 쓸쓸함을 제거하기 위해 일하자. 나는 너희들을 사랑했다. 영원히 사랑한다. 이것은 어버이로서 너희들에게 보답을 받기 위해 하는 말이 아니다. 내가 너희들을 사랑하도록 가르쳐 준 너희들에게 요구하는 것은, 오직 나의 감사를 받아달라는 것뿐. 죽어 넘어진 어미를 먹어 치우면서 힘을 기르는 사자 새끼처럼 힘차고 용감하게, 나를 떨쳐버리고 인생의 길로 나아가거라.

내 일생이 아무리 실패작이더라도, 내가 아무리 유혹을 이기지 못하는 사람이라 하더라도 나의 발자취에 불순한 어떤 것을 너희들이 발견할 만한 짓은 하지 않겠다. 꼭 그렇게 하겠다. 너희들은 내가 죽어 넘어진 곳에서 새로운 발걸음을 내디뎌야 한다. 어느 방향으로, 어떻게 걸어가야 하는가를 너희들은 나의 발자취에서 어렴풋이나마 찾아낼 수 있을 것이다.

아이들아, 불행하지만 동시에 행복한 너희 아버지와 어머니의 축복을 가슴에 간직하고 인생의 여정에 오르거라. 앞길은 멀다. 그리고 어둡다. 그러나 두려워하지 말거라. 두려워하지 않는 자의 앞에 길은 열리기 마련이다.

가거라. 용감하게, 아이들아! (1919)

_ 루쉰의 산문 〈아이들에게〉

구닥다리 모성관의
소유자 ....

딸아이 학교가 파하는 12시 40분이면 어김없이 휴대폰이 울린다. 액정에 새겨진 이름 꽃수레. 집 전화다. 며칠 전엔 현관문을 열었을 때 책상에 엄마가 없으면 너무 허전하다며 '외로우니까 사람이다'라는 제목으로 일기를 써서 나를 놀라게 한 딸내미. 이번엔 또 어떻게 마음을 달래 줘야 하나 고민하다가 받는다. 짐짓 밝은 척 과장한다. "우리 딸, 집에 왔구나!" "오늘로 6일째야. 엄마가 집에 없는 거……." 풀이 다 죽은 목소리다. "어머, 정말이니? 미안, 미안." 나는 있는 힘껏 애교를 부리고 맛있는 걸 사 가겠다는 약속과 함께 전화를 끊었다. 이 몸이 새라면 얼마나 좋을까. 딸과 나의 거리가 너무 멀다. 집으로 날아가고 싶어진다. 의외로 구닥다리 모성관의 소유자인 나는, 다른 건 몰라도 아이가 집에 왔을 때 간식 챙겨 주는 엄마가 되고 싶은데, 못 지킬 때가 많아 미안하다. 가끔 내 친구들이 집에 전화했을 때 딸이 받으면 '꽃수레 혼자 집에 있느냐'고 묻는 모양이다. 그러면 딸이 의기양양한 말투로 그런단다. "저는 여섯 살 때부터 집에 혼자 있었어요!"

그래도 낮엔 나은 편이다. 아이가 가끔 밤에 혼자 있는 날이 있다. 오빠는 학원 가고 남편과 내가 동시에 일이 있을 때. 평소에는 일주일에 여섯 번의 저녁 시간을 미리 조정해서 나누어 쓴다. 월목토는 나의 날. 화수금은 남편의 날. 그런데 어제는 남편이 약속 있는 날인데 내가 불가피하게 저녁을 먹고 가야 하는 상황이 되었다. 딸내미에게 양해를 구했다. 컴퓨터 전원을 켜서 옷 입히기 놀이하고, 교육방송에서 〈바람돌이〉 보고, 구몬 학습지를 해 놓으면 엄마가 금방 간다고 했다. 정신줄은 목동에 대 놓고 삼성동에서 저녁을 먹는데, 7시가 넘으니까 딸이 전화해서 울먹인다. "엄마, 언제 와? 밖은 깜깜하고 바람 소리도 들리고 구몬은 한 장 남았는데 꽃수레 지금 너무 쓸쓸해……." 해는 시든 지 오래. 아무리 천천히 숙제를 해도 안 오는 엄마. 좁은 집에 찬밥처럼 혼자 담겨 있으면 벌판처럼 횅하게 느껴질 테지.

하는 수 없다. 남편을 졸랐다. 먼저 들어가라고. 딸에게 아빠가 곧 간다고 전화했다. 그래도 무섭다고 징징댄다. "엄마 말 잘 들어 봐. 무섭다고 생각하니까 무서운 거야. 너의 쓸쓸함은 30분이 지나면 끝나. 30분 후에 끝나는 고통은 고통이 아니야. 언제 끝나는 줄 몰라야 그게 진짜 쓸쓸한 거야. 알았지?" "응." 딸아이의 목소리가 밝아졌다. 희망적이라는 듯. 밥 한 끼 먹기 위한 이 모든 난리 북새통을 생중계로 지켜본 친구가 한마디 한다. "애는 거칠게 키워. 거칠게 키우는 애들이 잘 커. 너도 잘 알잖아." 나보고 너무 안절부절못한다고 뭐라 한다. 나는 아이가 밤에 혼자 있는 게 가엾다고 했다. 그랬더니 괜찮다고, 애들은 금방 까먹는다고, 어제 아홉 시간 붙어서 놀던 친구가 다음 날 전학 가도 아무렇지 않은 게 애들이라고 한다. 맞다. 동의했다. 아이들은 순간에 충실하다. 육체적 소화력만 왕성한 게 아니라 정신의 위장도 튼튼하다. 망각의 동물이다. 원한과 번뇌는 어른의 전유물이다.

첫아이 키울 때는 전화기 건너로 아이의 울음소리가 들리면 억장이 무너졌다. 그 눈물이 긴 시간의 강물로 보자면 돌멩이 하나 던져진 일에 불과하다는 사실을 깨달은 것은 한참 후다. 늘 입으로는 "엄마도 엄마 인생이 있단다" 하고 주장해 왔지만 뜻대로 살기 힘들었다. 자기중심적인 엄마라는 죄의식에서 자유롭지 못했다. 고작 일곱 살 아이 혼자 두고 오랜만에 만난 친구랑 소주잔 기울이는 나를 스스로도 좀 심한 엄마로 규정하게 된다. 정말로 아이 키우는 일은 순간순간이 어려운 시험이다. 노사 협상처럼 하나 양보하고 하나 받아 내는 거래를 해 보기도 한다. 나의 좋음과 아이의 좋음의 접점을 찾아 '윤리적 선택'을 고민해 보기도 한다. 그게 가능한지 잘 모르겠다. 그런데 한 가지는 알겠다. 아이가 다양한 상황에 놓여 보는 것이 아이의 감성을 일깨우는 것 같다. 사람은 늘 살던 패턴에 익숙하면 생각할 일이 없다. 열차 시간처럼 정확히 도착하던 엄마가 늦을 수도 있음을 유년시절 윗목에서 체험한 아이는 적어도 상실감, 외로움, 쓸쓸함을 느낄 수 있지 않을까. 울다가 웃다가 하면서 감정의 결이 생기고 마음의 살이 포동포동 오르겠지.

그녀의 배 위에 귀를 대고 누우면 맑은 물 흐르는 소리가
난다 작은 숨소리 사이로 흐르는 고요한 움직임이 들린
다 (…) 이 모든 소리들이 녹아 코가 되고 얼굴이 되려면
심장이 되고 가슴이 되려면 잠은 얼마나 깊어야 하는 것
일까 잠의 힘찬 부력에 못 이겨 아기는 더 이상 숨지 못
하고 탯줄이 끊어지도록 떠올라 물결따라 마냥 흔들리고
있다 고기를 잡을 줄 모르는 잎사귀 같은 손으로 부신 눈
을 비비고 있다

_ 김기택의 시 〈태아의 잠 1〉 부분

다정함의
세계

"만득귀자. 늦게 얻은 귀한 자식이 있네." 예전에 어느 역술인이 사주를 풀면서 한자로 써 줬다. 표현이 하도 예스러워 신선했다. 간절히 딸을 원하다가, 정말로 첫아이를 낳고 6년 만에 가까스로 꽃수레를 만났으니, 내게 너무 늦은 자식인 건 맞다. '늦게'라는 시간은 주관적이다.

주변 엄마들을 봐도 둘째에게는 매우 관대하다. 나 역시 만득귀자를 보노라면 거의 부처님 수준의 자비심이 발했다. 품에서 내놓기 싫어 여섯 살까지 젖을 먹였다. 지금도 배불리 먹이는 일을 지상과제로 삼고 궁둥이 두드려 가며 시골 엄마처럼 키운다. 그렇게 일구월심 10년이 지날 즈음, 칭찬을 받게 되었다. "엄마는 참 좋은 부모구나~" "나도 엄마처럼 좋은 부모가 될게~" 하루 세 번 정도, 딸아이는 연극적인 대사와 함께 나의 머리를 쓰다듬었다. 그 표정의 자애로움이란 유치원 원장님 포스다. 한동안 아빠는 착하다면서 남편을 격려하더니 점점 나를 더 많이 칭찬했다. 내가 뭘 그리 잘했는지는 나도 모르겠다. 하던 대로 틈틈이 과일 깎아 주고 끼니를 챙겼을 뿐이다.

급기야 상장까지 받게 된 건 작년 11월이다. 그날 낮에 후배를 만났다. 맛난 음식을 좋아하는 미식가라서 고급한 한식집에

서 고가의 전골을 먹었다. 내 배가 부르니까 저녁을 하기 귀찮
았지만 기본 반찬은 챙겨 줬다. 된장찌개를 끓이고 생선을 구
웠다. 삼치의 하얀 살이 보들보들 싱싱하고 간이 딱 맞았다. 딸
아이는 "엄마, 아이스크림처럼 녹아" 하더니 고양이처럼 한 마
리를 뚝딱 먹어 치웠다. 그렇게 맛있다니 아들도 먹일 겸 나
는 생선을 한 입도 안 먹었다. 모성의 화신이라서가 아니라 낮
에 먹은 고단백 음식이 소화되지 않아 그랬다. 그것도 모르고
칭찬에 눈먼 딸이 묻는다. "오빠 주려고 엄마는 안 먹어?" "응."
"엄마는 참 자식을 아끼는구나." 토닥토닥. 매번 들어도 매번
웃기고 슬며시 어깨에 힘이 들어갔다. '왜 이래. 나 좋은 부모
야.' 으쓱했다.

　저 지칠 줄 모르는 칭찬경영 마인드는 본받을 만하다고 생각
하면서 나는 글을 쓰고 딸은 책상에서 무언가를 했다. 구몬 수
학을 하거나 그림을 그리겠지 했더니, 잠시 후 나를 톡톡 친다.
"엄마, 내가 상장을 줄게." 그 둥근 입술로 오물거리며 내미는 하
얀 종이를 보는 순간 웃음이 터졌다. 그냥 상도 아니고 '11월 자
식사랑상'이다. 나는 10월이나 9월과 다름없이 자식을 돌봤을
뿐인데 11월에 받았다. 마지막에 몇 학년 몇 반이 아니고 동호
수와 자기 이름을 써넣었다. 이름 뒤에는 빨간 사인펜으로 네모
난 인장을 새겼는데 무려 '자식'이다. 막상 상을 받고 나니 '더 잘
하라는 채찍으로 알겠다'는 수상 소감이 빈말이 아님을 알겠다.

수상의 기쁨으로 한 해를 마감하고 다시 봄이 되었다. 나는 11월과 다름없이 엄마의 본분에 충실했는데도, 딸아이의 칭찬이 줄었다. 딸아이는 4학년이 되자 아동 티를 벗고 언뜻 소녀 태가 났다. 친구에게 전화가 오면 베란다로 나가 속닥거렸다. 밤이면 어김없이 엄마 언제 오느냐며 울먹울먹 전화하는 일도 줄었다. 이제는 해가 지도록 놀이터에서 노는 딸에게 언제 올 거냐고 내가 전화 거는 처지가 되었다.

관계 역전의 상태에서 가정의 달 5월을 맞았고 '어버이날' 카드에는 예의 그 칭찬 메시지가 가득했다. 큰 상을 한 번 받았더니 카드 형식은 시시했다. 나는 딸의 사랑을 간구하는 가엾은 엄마가 되어, 요새 왜 그거 '좋은 부모상' 안 주냐고 묻고 말았다. 물어보면서도 상 이름이 그렇게 진부하지 않았는데 싶어 갸웃했는데 "아, 자식사랑상?" 한다. 딸아이는 요즘 자기가 소홀했다며 곧 만들어 주겠다고 약속했다. 어제는 귀갓길에 딸에게 전화가 왔다. 학교 수업 준비물로 1.5리터 물병이 필요하니 사 오란다. 알았다니까 "그럼 나는 그동안 자식사랑상을 준비할게" 한다. 현관문을 열자 딸아이가 돌고래처럼 솟구쳐 오른다. "엄마한테 상장을 안 준 지 6개월이나 됐더라." 삐뚤삐뚤 손글씨 대신 의젓한 명조체로 만든 '5월 자식사랑상'. "위 어른은 여섯 달 동안 항상 자식을 위해 많고 많은 노력을 하고, 항상 친절히 대했음으로 이 상장을 수여합니다."

이곳에서 발이 녹는다

무릎이 없어지고, 나는 이곳에서 영원히 일어나고
싶지 않다

괜찮아요, 작은 목소리는 더 작은 목소리가 되어
우리는 함께 희미해진다

고마워요, 그 둥근 입술과 함께
작별인사를 위해 무늬를 만들었던 몇 가지의 손짓과
안녕, 하고 말하는 순간부터 투명해지는 한쪽 귀와

수평선처럼 누워 있는 세계에서
검은 돌고래가 솟구쳐오를 때

무릎이 반짝일 때
우리는 양팔을 벌리고 한없이 다가간다

_ 김행숙의 시 〈다정함의 세계〉

작
가
,

사는 일은 가끔 외롭고
자주 괴롭고 문득 그립다

나쁜 짓이라도
하는 게
낫다

내 나이 서른다섯에 다시 일자리가 필요했다. 이력서를 썼다. 세 바닥을 채워도 시원찮을 판에 네댓 줄 쓰니 끝이다. 쉼표 없이 달려온 마라톤 인생인데, 어쩜 이리도 이력서가 빈곤한가. 화폐화가 되지 않는 노동-활동은 언어화도 불가능했다. 궁극적으로는 존재 증명이 난감했다. 아무튼 자기 소개서에 금칠과 덧칠을 해서는 두 군데 지원했다. 은행 파트타이머랑 지역신문 기자. 결과는 둘 다 낙방. 물 한 바가지씩 연거푸 뒤집어쓴 기분이었다. 민망하고 처량하여 고개 돌렸다. 내 인생에서 슬그머니 찢어버리고픈 한 페이지. 곧이어 커피 전문점 아르바이트 자리를 알아봤는데 이번에는 나이 제한에 걸렸다. 노년 재취업도 아니고 삼십 대 중반에 이럴 수는 없었다. 그때 확실히 알았다. 늦었다고 생각될 때는 정말 늦은 거다! 젠장. 어차피 궁지였다. 인생 역전이 가능한 직업도 아닌 바에야 꼭 하고 싶은 일을 하자며 입장을 굳혔다. 글밥 먹는 일을 고집했고 그래서 자유기고가라는 명함을 얻었다.

　결초보은을 위해 밥 한 끼 대접하는 자리. 구직을 도운 선배가 평소와 달리 진지한 눈빛으로 말문을 열었다. "지나고 보니 그동안 나한테 닥친 일을 처리하기에 급급했는데, 그랬더니 남는 게 없구나. 너는 일을 새로 시작하니까 길게 내다보고 해라. 봉사하는 사람들 이야기를 중심으로 글을 쓴다든가 분야를 정해서 집중해 봐. 10년 후에 네 작업을 집대성할 수 있게 맥락을 잡아 가도록 해. 나는 그런 얘기를 해 주는 사람이 없어서 장기적인 안목을 갖지 못했는데 지금 와서 후회되네."

뼈아픈 후회의 말들. 누군가가 자기 삶을 걸고 이야기를 하는 모습은 얼마나 쓸쓸한가. 구슬처럼 흩어진 나날들이 어언 20년 세월이다. 주말마다 집회 및 행사에 가느라 휴일 없이 살아온 그다. 대기업·정규직·남성 중심의 노동운동판에서 여성활동가 입지는 좁다. 조직 내부의 부조리한 문화에 가슴앓이 다반사다. 높고 큰 벽. 정면돌파 하기에는 선배의 기초 체력이, 권력의지가, 약했다. 원래 목표 지향적 감각이 여성에게는 부재하다. 그래서 하루하루는 바빴으나 청춘시대는 허술해진 형국이 되어버린 거다. 매일 일해도 평생 가난할 수 있듯이 말이다. 아무튼 그랬던 선배가 갑자기 몸담고 있는 노동조합연맹의 조직선거에 출마한다고 연락이 왔다. 영문은 모르지만 환영. 내일처럼 들뜨고 설레었다. 나는 당장에 선배를 만나서 '뜨면 덕 좀 보자'는 조건을 내걸고 유세용 검정 재킷을 사 주었다. 선배는 좋아라 고마워하며 출마 결심의 변을 터놓았다.

"오랜만에 친구 어머니 댁에 갔는데 회 뜨고 매운탕 끓여서 또 한 상 차려 주시는 거야. 횟집 하면서 밭 가꾸고 여전히 그 많은 일을 다 하시더라고. 이제 연세가 있는데 좀 쉬시라고 했더니, 어머니가 그러더라. 가만히 있으면 뭐 하느냐고, 사람은 '나쁜 짓'이라도 해야 한다고, 그래야 하나라도 배울 게 있다고. 와, 그 말을 듣는데 정신이 번쩍 들더라. 나는 나이도 젊은데 잔뜩 움츠리고 살았더라고. 항상 방어적이었지 망가지고 실패하고 상처받는 상황에 나를 한 번도 놓아둔 적이 없었던 거지."

어느 필모의 인생철학, '나쁜 짓이라도 하라'는 말이 선배의 생을 등 떠민 것이다. 나는 깜짝 놀라 맞장구쳤다. "어, 그거 니체가 한 말인데? 악행이라도 저질러라." 그렇다. 니체는 악행을 권한다. 속 좁은 생각을 하느니 차라리 악행을 저지르는 게 낫다고 한다. 행위의 과정에서 문제를 터뜨리고 해결해 주면 다른 지평이 열리기 때문이다. 또 작은 악행의 쾌감이 큰 악행을 막아 준다고 했다. 더 엄밀히 말하면 니체에게는 악행도 선행이다. "악행과 선행 사이에는 종류의 차이란 없다. 기껏해야 정도의 차이만 있을 뿐이다"라고 말한다. 인간의 모든 행동은 삶의 유용성 전략에 따라 이뤄진다. 악행과 선행은 동일한 뿌리에서 나온 것으로 어떤 상황에서는 복수, 악의, 교활 같은 악한 모습을 하고 어떤 상황에서는 동정, 희생, 인식의 선한 모습을 띤다고 본다. 니체에게는 행-하기, 의욕-하기가 중요하다. 자기보존은 죽어 있는 상태이며, 살아 있는 것은 본디 주인이 되고자 하고 더 강해지기를 원하는 의지작용을 일으킨다는 것. 일명 '힘에의 의지'로 니체는 세계의 작동 원리를 설명한다. 온몸이 귀가 되어 니체의 철학을 빨아들이던 선배는 그럴수록 어머니의 지혜에 탄복했다. 나도 신기했다. 서해안 작은 섬에서 평생을 살아온 분이다. 나쁜 짓이라도 하는 게 낫고 그러면서 하나라도 배워야 한다는 믿음. 그 "깨달음의 높은 돛대"에 오르기까지 얼마나 모진 풍파를 겪으셨을까.

선배는 선거에서 가장 높은 득표율로 부위원장에 선출되었다. 더 이상 젖지 않는 자, 불타지 않는 자의 모습은 없다. 지금은 환희에 젖고 의욕에 불탄다. 내부 상황은 어지럽지만 해 보고픈 일 해 나가겠다며 악행론을 폈다. "정말 그렇더라. 내가 조직에서 고립되었을 때 그들의 악행 덕분에 대학원에서 공부할 결심도 했고, 또 내가 연맹 산하 조직 출신이 아니라 외부에서 채용한 활동가라는 관례를 깨고 선거에 나가는 악행을 저질러서 조직에서 여성운동 해 볼 기회가 마련되었고. 악행이 꼭 악행이 아니더라고." 고개를 끄덕이던 나는 니체 깔대기로 마무리했다. "그래서 니체가 창조하는 자만이 비로소 어느 것이 선이고 악인지를 결정한다고 했지." 선배는 당선 후 어느 매체와 인터뷰를 했다며 기사를 보여 줬다. 몇몇 문장이 눈에 띄었다. "경계에 놓인 사람으로서 그 경계를 없애는 역할을 하고 싶다…… 노동운동 내 자본주의적 질서를 없애는 데 모든 노력을 기울일 것이다…… 월가 점령 시위에 참여했던 한 여성활동가의 '저항을 통해 이루려는 것은 저항의 과정에서도 실현되어야 한다'는 말을 전하며……." 나는 선배의 스마트폰 화면을 손가락으로 오르락내리락 밀어 가며 세 번쯤 읽었다. 아름다운 힘들의 바다. 우리의 철학자 니체-어머니의 말이 쏴아쏴아 파도쳤다. 머뭇거리는 생이여, 늦었다고 생각할 때 재빨리 악행을 저질러라.

때로 낭만주의적 지진아의 고백은
눈물겹기도 하지만,
이제 가야만 한다.
몹쓸 고통은 버려야만 한다.

한때는 한없는 고통의 가속도,
가속도의 취기에 실려
나 폭풍처럼
세상 끝을 헤매었지만
그러나 고통이라는 말을
이제 결코 발음하고 싶지 않다.

파악할 수 없는 이 세계 위에서
나는 너무 오래 뒤뚱거리고만 있었다

목구멍과 숨을 위해서는
동사(動詞)만으로 충분하고,
내 몸보다 그림자가 먼저 허덕일지라도
오냐 온몸 온정신으로
이 세상을 관통해보자

내가 더 이상 나를 죽일 수 없을 때
내가 더 이상 나를 죽을 수 없는 곳에서
혹 내가 피어나리라.

_최승자의 시 〈이제 가야만 한다〉

꽃 시절은
짧고
삶은 예상보다
오래다 ....

소설가 김연수가 "서른 살 너머까지 살아 있을 줄 알았더라면 스무 살 그즈음에 삶을 대하는 태도는 뭔가 달랐을 것이다"라고 썼는데, 내가 생각해도 청춘은 맹목과 무지의 시절 같다. 마치 벚꽃 길 아래를 지나는 것처럼 눈앞이 흐릿한 시기. 삶에 초점이 맞춰질 수 없는 환경이다. 그런데 일과 사랑, 인생의 중요한 결정은 죄다 이삼십 대에 내려지니 이것이 삶의 얄궂음이겠지.

나는 증권회사에서 스무 살을 시작했다. 돈의 천국. 월급과 보너스가 얼마나 많던지. 온갖 명목으로 계속 돈이 나왔다. 우리나라에서 내로라하는 인재들이 들어왔고, 증권회사 직원은 일등 신랑신붓감으로 인기가 높았다. 곳간에서 인심 난다고 동료 중에 쩨쩨한 사람이 아무도 없었다. 야근 때도 비싼 밥만 먹고 회식도 호텔 나이트클럽만 다녔다. 어느 직원이 주식으로 돈 벌었다고 하면 또 크게 한턱냈다. 증권회사가 돈을 운용하는 업무다 보니 스트레스 강도가 워낙 높았고, 그에 상응하는 정신적 위로가 필요했다. 몇 년 후, 주가 그래프는 수직으로 곤

두박질쳤고 봄빛이 깎이듯 월급도 깎이었다. 하나둘 퇴사했고 나도 그곳을 벗어났다. 사보기자가 되어 10년 만에 다시 그곳을 출입했을 때 만감이 교차했다. 분위기는 예전과 비슷했다. 금융맨 특유의 세련된 차림새와 화통한 씀씀이는 여전했고, 고객 만족과 실적 경쟁으로 인해서인지 안색은 편치 않았다. 임원부터 신입사원까지 취재차 만난 나에게도 금융상품 신청서를 내밀기 일쑤였다. 전산 시스템이 발달해 온갖 통계와 수치로 직원을 닦달하니, 전체적으로 좀 더 살벌해진 듯했다.

어떤 사람이 '잘 산다'고 말할 때 그 기준은 보통 돈이다. 직업을 정할 때도 연봉의 유혹은 크다. 돈 많이 주는 곳이 가장 좋은 회사다. 그런데 그런 직장이 좋은 삶을 지속적으로 보장하지는 않는다. 원래 돈은 속삭인다. '나를 줄 테니 너의 모든 것을 달라'고. 그래서 특히 젊은 나이에 첫 직장에서 고액 연봉을 받는 것은 위험하다. 마라톤에서 페이스 조절에 실패하는 것과 마찬가지다. 돈의 쓰임이 곧 삶의 자세. 젊을 때부터 나를 던져 돈과 삶을 '거래'하기 시작하면 인생을 돈의 흐름에 따라 허겁지겁 쫓아 가게 된다. 내 정신으로 살아가기가 점점 힘들다. 주변을 봐도 그렇다. 가령 고액 연봉을 받는 학원 강사가 처음부터 그 일을 오래 하려고 마음먹지는 않는다. 메뚜기도 한철이니 벌 수 있을 때 한몫 챙기자며 밤낮으로 몸을 불사르는데,

큰돈을 쉽게 만지기 시작하면 나중에 보수가 적은 일은 시시하게 느껴진다. 그렇게 돈이 기준이 되면 삶의 만족을 돈 아니면 채우기 힘들고 적은 돈으로 행복을 창안하는 일에 무능해진다.

또 그런 일터는 비슷한 가치와 기운을 가진 사람들이 모인다. 이 또한 중요하다. 인생의 벚꽃 시절을 누구와 보내는가 하는 문제 말이다. 행복은 결코 혼자 달성할 수 없다. 그래서 에피쿠로스도 "너는 무엇을 먹고 마실까보다 누구와 먹고 마실까에 대해 생각해야 한다"라고 하지 않았는가. 한 번뿐인 인생. 잘 벌어 잘 먹고 잘 쓰다가 가는 것도 나쁘지 않다. 자기의 세계관에 맞게 추구하면 될 일이다. 헌데 마르지 않는 샘물 같은 돈의 세례 속에서 평생 살 수 있는 인생이 많지도 않거니와 돈은 속성상 '충족'을 모른다. 바닷물처럼 마실수록 갈증만 일으킨다.

어찌 보면 돈의 만족보다 삶의 만족을 이루기가 더 쉽다. 이른 나이부터 안빈낙도하기는 어렵겠지만, 일찌감치 돈에 정신을 묶어 두는 것도 서글프다. 마흔일곱에 겨우 벼슬에 오른 두보는 어지러운 정국과 부패한 관료사회에 실망해 시를 짓고 술을 마셔 가며 시름을 달랬다고 한다. 젊은 날 자유하고 성찰하며 살았던 사람은 자기 삶을 짓누르는 나쁜 공기를 금세 알아챈다. 이것은 위대한 능력이다. 두보를 봐도 그렇다. 부귀영화에 이 한 몸 던져 행복하려는 사람이 있고, 헛된 영화에 이 한 몸 얽맬 필요가 있으랴 노래하는 이가 있다. 둘 다 자기 선택이겠으나 젊은 날들 경험과 감각이 판단의 중요한 근거가 됨은 분명해 보인다. 인생의 꽃 시절은 짧고, 삶은 예상보다 오래 지속된다.

一片花飛　減却春　일편화비 감각춘
風飄萬點　正愁人　풍표만점 정수인
且看欲盡　花經眼　차간욕진 화경안
莫厭傷多　酒入脣　막염상다 주입순

江上小堂　巢翡翠　강상소당 소비취
苑邊高塚　臥麒麟　원변고총 와기린
細推物理　須行樂　세추물리 수행락
何用浮榮　絆此身　하용부영 반차신

한 조각 떨어지는 꽃잎에도 봄은 줄어드는데
만점 꽃잎이 바람에 날리니 참으로 시름에 잠기네.
봄을 마음껏 보려고 하나 꽃잎은 눈을 스치고 지나가니
어찌 몸이 상할까 두렵다고 술을 마시지 않으리.

강가 작은 정자에는 비취새가 둥지를 틀었고
부용원 뜰가 높은 이들 무덤에 기린 석상도 뒹구는구나.
세상 이치를 따져 보건대 마땅히 즐거움을 따를지니
어찌 헛된 영화에 이 한 몸 얽맬 필요가 있으랴.
_두보의 한시 〈곡강이수〉 부분

세상에서
가장 질투하는 것,
당신의 ....
첫

컨베이어 벨트 돌아가듯 날마다 원고 찍어 내던 때가 있었다. 재봉틀 드르륵 박고(문장을 쓰고) 단추 달고(제목 달고) 끝도 없이 나오는 실밥 뜯고(교정하고) 그러다 보면 하루가 훌쩍 저물었다. 이젠 그 짓을 못하게 되었다. 몸이 녹슬었다. 아주 다행이다. 쉽게 글이 써진다는 사실이 반은 대견하고 반은 수치였다. 익숙한 생각, 진부한 표현들을 국수 가락처럼 쭉쭉 뽑아낸다는 것이 부끄러웠고, 노동을 통해 생산에 참여하고 아이들 입에 밥을 넣어 준다는 점에서 고무적이었다.

　이도 아니고 저도 아니고. 해도 좋고 안 해도 그만인. 그래서 아무것 아닌 정지의 느낌. 인생은 너무 길다는 한탄이 나를 지배했다. 깨어 있는 것도 아니고 잠든 것도 아닌 불면의 감각으로 1년쯤 산 것 같다. 나 이제 사보에 글 쓰는 거 지겹다는 말을 친한 벗들에게 간간히 흘린 지는 2년 정도 지났을 거다. 내 삶의 거푸집에서 벗어나고자 하루에 적어도 30분씩은 꾸준히 몸부림쳤다. 나는 왜 쉽게 살지 못하는가, 이런 안달이 사치는 아닐까 하는 고민까지 막판에 10초씩 곁들였다. 내가 명품 가방을 탐하는 것도 아니고 세계 일주를 간다는 것도 아닌데 삶의 존재 양식에 관한 고민이 왜 사치가 되어야 하나 억울했다. 더디게 오가는 시간들, 세월은 꾸역꾸역 흘러 줬다. 그리고 쉽게 살지 못하는 것, 그래서 쉽게 쓰지 못하는 것, 불면을 유발하는 이 괜한 증상이 나를 조금 다른 곳으로 데려다줬다.

몇 달 전 〈위클리 수유너머〉 편집진 동료들과 밥을 먹다가 우연히 글쓰기 얘기가 나왔다. 연구실 후배들에게 글쓰기 능력을 장착시키기 위해 외부기관 강좌에 연수를 보내자고 했다. 그랬더니 왜 비싼 돈 내고 밖에서 하느냐며 나보고 직접 해 보란다. 내가 글쓰기 강좌를 한다는 것은 도저히 상상해 본 적이 없었다. 근데 또 딱히 못할 이유도 없어 보였다. 그래도 강좌 기획안을 쓰는 게 망설여졌다. 다음 주에 초안 내 볼게, 1월 안으로는, 2월까지는 꼭 써 볼게…… 미루고 또 미뤘다. 내가 '수유너머R'에서 돈 받고 글쓰기 강좌를 한다면 어떤 의미여야 하는가. 백 번쯤 자문자답의 시간을 가졌다. 평상시 감정 배제 모드로 사는 선배에게 전화해서 자문을 구했고 '실사구시형 글쓰기'로 윤곽을 잡았다. 그렇게 노사 협상보다 어려운 나와의 합의가 끝나고 선배가 건넨 "넌 할 수 있어"라는 오글거리는 덕담을 낚아채듯 접수했다. 그날 밤 10시부터 새벽 3시까지 썼다 지우고 뒤집고 엎고 고르고 빼고 다듬으면서 강좌 안내에 들어갈 문장 열 줄을 겨우 완성했다.

다음 날, 연구실 동료들과 밥을 먹으면서 글쓰기 강좌 제목을 지어 달라고 했다. 영민한 고병권의 입에서 예언처럼 어떤 말이 튀어나왔다. "글쓰기의 최전선!" 생태찌개 국물을 뜨다가 냄비와 입의 중간쯤에 수저를 세우고 박정수가 맞장구다. "그거 좋다!" 공지를 띄웠다. "글의 시작부터 배우는 글쓰기의 최전선, 삶의 최전선에서 이뤄지는 글쓰기." 그리고 폭풍마감 되었다. 판매왕도 아닌데 오가는 사람들이 '강좌 대박'을 축하한다고 하니 부끄러웠다. 은근히 긴장되었다. 박정수와 수다를 떨다가 지금 이 상황이 매우 당황스럽고 부담스럽다고 말했더니 그가 시니컬하게 한마디 던진다. "철학 하려고 하지 말고 글쓰기를 해. 뭐가 문제야?"

"알았어." 냉큼 답했다. 뜨끔했다. 나는 은근히 철학을 겸비한 글쓰기를 하려고 욕심내고 있었다. 한 번에 다 이루려는 전형적인 초보자의 조급증. 그는 나쁜 글 좋은 글 사례나 많이 모아 두라고 했다. '노가다'가 진리. 쓰리디3D 모드로 일해야지 다짐했다. 잠시 망각했는데, 내가 생산 모드에 돌입했을 때 나는 철학하지 않았다. 몸 써서 일했다. 농부처럼 허리 굽혀 뿌릴 때 무언가 자라났다. 그리고 누가 누구에게 '좋은 무엇'을 말로써 가르칠 수는 없다. 하다못해 아들과 대화할 때도 애초의 훈화 목적은 빗겨 가기 마련이다. 타자를 변화시키는 힘은 계몽이 아니라 전염이다. 자꾸 까먹는다. 긴긴 겨울밤 존재의 방 이쪽 끝에서 저쪽 끝으로 마냥 뒹굴던 농한기가 가고 농번기가 온다. 글쓰기 강좌라는 농사를 앞두고, 내 좋은 봄날의 캐럴송 '하얀 목련'을 부른다. 몸이 깨어나도록.

'글쓰기의 최전선' 첫 번째 수업을 마치고 생각했다. '인터뷰랑 강의랑 비슷하네.' 어차피 사람과 사람이 만나서 생각과 느낌을 섞고 '글'이라는 생산물을 만들어 낸다는 점에서 그랬다. 일주일이 후딱 갔고 수업이 기다려졌다. 글쓰기 수업이 전생처럼 익숙했고 천직처럼 재미났다. 아는 거 모르는 거 있는 거 없는 거 다 탈탈 털어서 나누고 주거니 받거니 하다 보니 얼결에 나도 많이 배웠다. 마지막 수업은 연천으로 엠티를 떠났고, 밤 산책에서 반딧불의 향연을 보는 호사를 누렸다. 별이 쏟아지는 하늘 스크린이 눈앞으로 내려온 느낌이랄까. 시야에 일렁이는 반딧불의 움직임은 진정 몽롱하고 아득했다. 좋은 글과 좋은 추억 가득했던 짜릿한 시간들. 마지막 수업을 끝내고 생각했다. '강의랑 연애랑 비슷하네.'

예정된 일이었지만 수업이 끝나자 허탈하고 허전했다. 이현우의 '헤어진 다음 날'이 궁상맞게 떠올랐다. 남녀상열지사에 따르는 표준 이별 감정은 아닐진대, 라디오에서 슬픈 노래만 나오면 눈물이 흘렀다. 토요일이 길었다. 그 무자비한 청승의 시간이 가고 한 달 정도 지나자 서서히 평상심으로 돌아왔다. 그럼에도 불구하고, 세상의 모든 처음은 얼마나 무서운가. 첫사랑, 첫아이, 첫 친구, 첫 스승, 첫 동료. 처음이라서 서툴고 두렵고 설레고 그래서 애틋한 그 무엇. 한 존재의 급진적 변화를 끌어내는 첫 바이러스들. 급류 같던 몇 군데 '첫' 인연을 통과하고 '글쓰기의 최전선' 동료들을 만나며 나는 믿게 되었다. 인간은 처음 인연에 매몰된 만큼 성장한다.

내가 세상에서 가장 질투하는 것, 당신의 첫,

당신이 세상에서 가장 질투하는 것, 그건 내가 모르지.

당신의 잠든 얼굴 속에서 슬며시 스며 나오는 당신의 첫.

당신이 여기 올 때 거기에서 가져온 것.

나는 당신의 첫을 끊어버리고 싶어.

나는 당신의 얼굴, 그 속의 무엇을 질투하지?

무엇이 무엇인데? 그건 나도 모르지.

아마도 당신을 만든 당신 어머니의 첫 젖 같은 것.

그런 성분으로 만들어진 당신의 첫.

_ 김혜순의 시 〈첫〉 부분

거대한
눈알나무
·········· 아가씨

여의도에서 잠실로 가기 위해 좌석버스 30번을 탔다. 창가에
자리를 잡고는 〈한겨레〉 신문을 폈다. 오후 2시의 햇살이 고흐
의 노란 빛깔로 가닥가닥 쏟아져 들어왔다. 강물이 반짝이고
활자가 흔들렸다. 몸이 노곤해진 나는 깜빡 잠이 들었던 모양
이다. 미세한 기척에 부스스 눈을 떴다. 정신을 차리고 보니 신
문이 손에서 떨궈져 담요처럼 무릎을 덮고 있었다. 그리고 그
아래. 신문과 다리의 틈에서 무언가가 뱀처럼 스윽 빠져나가는
게 느껴졌다. 신문을 들추자 옆 사람이 황급히 자리를 떴다. 각
잡힌 감색 양복의 뒤통수를 보고서야 옆자리에 남자가 앉아 있
었음을, 내 생살 위로 미끄러지던 뱀은 그자의 손이었음을 알
아챘다.

　순간 목덜미를 잡아채고 손모가지를 비틀기는커녕 나는 뇌
부터 발끝까지 굳어 갔다. 혀도 뻣뻣하고 심장만 날뛰었다. 성
추행 대책 매뉴얼에 나오는 '침착한 대응 방법'은 무능한 말이
었다. 능동적으로 살던 육체가 갑자기 수동적인 상황에 놓이니
뇌 회로 체계에 교란이 일어났다. 그땐 그랬다. 분명히 겨울, 심
야, 막차, 만취. 이런 스산한 상황이 아니다. 봄날, 햇살, 신문, 버

스. 이런 화창한 조합에서도 수컷은 코를 쿵쿵. 미처 몰랐다. 치욕의 마른침만 삼키던 스물셋 어느 토요일.

고등학교 입학식 날. 엄마는 담임을 뵙고는 선생님 잘 만나 다행이라고 안도했다. 수업 시간에 들어오는 교과 선생님들마다 좋은 담임 만난 너희 반은 복도 많다고 입을 모았다. 아이들도 담임을 따랐다. 부처 같은 인상에 목사 같은 언변에 도올 같은 박식함과 부성이 흐르는 엄격한 목소리는 따뜻한 카리스마로 압도했다.

졸업 후, 그가 제자들을 상습적으로 성폭행해 퇴출당했다는 소식을 들었다. 참스승의 화신과도 같았던 그의 악행보다 더 충격적인 점은 교장이 그를 끝까지 감싸고 교사 직위를 지켜 주려 했다는 사실이다. 나름 전통을 자랑하는 명문고의 수장답게 덕망 높은 교장으로 칭송받던 분이다. 3차 쇼크가 계속되었다. 이런 성폭행 사건은 여학교에서 비일비재하고, 그래서 벌집 쑤시는 일이 되어 여론화가 불가능하다고 했다. 이 자명한 사태를 나는 마치 유럽의 작가주의 영화를 볼 때처럼 단박에 이해하지 못했다. 그동안 나는 사회비판적인 시각을 갖고 산다고 생각했지만, 정작 젠더의식에서 가장 늦되고 무뎠다. "음모한 터럭에 세상의 음모가 숨겨져 있"음에 눈떠 가던 서른 즈음.

2호선 당산역 고가 아래서 하얀 분가루 바르고 담배 피는 여자아이들. 멀리서 보면 인형 같다. 뻐끔뻐끔 연기 나는 인형. 다른 스위치를 누르면 저 입에서 멜로디가 나올 것 같다. 예쁘다. 평일 낮인데 학교는 안 다니는가. 꼰대처럼 걱정한다. 예전에는 거리의 아이들을 보면 나 혼자서 생활기록부를 작성했다. 아빠가 알코올중독이고 엄마는 가출했거나 식당에서 일하고. 밤이면 칼로 살 베는 전쟁이 일어난다. 도돌이표처럼 반복되는 일상에서 아이는 미치거나 뛰쳐나오거나⋯⋯.

언제부턴가 시나리오가 하나 더 늘었다. 아빠나 오빠에게 시달리는 꼬마 소녀들. 자기 욕망을 알기도 전에 타자의 욕망에 도구화된 육체로 긴 밤을 지나야 하고, 그 몸뚱이 추슬러 긴 생을 살아야 한다. 늘 가상을 초과하는 현실. 여성단체에서 일하는 친구가 들려준 얘기가 떠올랐다. 어느 여성이 여름에도 긴팔과 목까지 오는 옷을 입는데, 어렸을 때부터 아버지가 때리고 가두고 담뱃불로 지지면서 성폭행해 온몸에 흉터가 남아 그렇단다. 가까스로 탈출에 성공한 그녀가 환하게 웃으며 그래도 사람만이 희망이라고 말했다는 거다. 고통이란 단어를 떠올리자 그녀가 생각났다며 토막 난 글을 써 왔고 그나마도 목이 메어 끝까지 읽지를 못했다.

요즘 사람들과 같이 글을 쓰고 또 시를 읽다 보니 생의 내밀한 부분을 보게 된다. 시적 언어를 통해 세상에 처음 모습을 드러내는 잠재적인 것들. 찬찬히 유보 없이 응시한다. 거대한 카오스에 직면한 기분이다. "진실의 사막에 온 것을 환영하네." 영화 〈매트릭스〉에서 가상세계를 박차고 나온 네오에게 모피어스가 건넨 말인데, 나야말로 모래알 같은 진실에 발이 뜨거워 죽겠다. 그간 나는 너무 쉽게 '고통의 자산화'와 '운명애'를 말한 건 아닐까. 고통에 대한 분석적 언어는 때로 현실의 구체적 고통을 소거시킨다. 이데올로기 이전의 삶은 이리도 난폭하고 섬뜩하다. 그러니 여자로 태어나서 미친년으로 진화한다는 말은 여자의 연대기에 관한 핵심적 진술이다.

문학평론가 신형철의 산문집 《느낌의 공동체》를 읽다가 밑줄 그었던 부분. "미친년 널뛴다는 말은 폭력적이다. 미친년을 미치게 만든 미친놈들의 존재가 생략되었기 때문이다." 새삼 궁금했다. 그 길고 오랜 세월 동안 미친놈들의 존재는 어떻게 생략이 가능했을까. 미혼모는 있고 미혼부는 없지 않은가. 세상은 어째서 여전한가. 느닷없는 물음에 붙들린 2012년 2월 29일.

늦된 엄마는 오늘도 딸을 낳고, 앳된 딸은 매일매일 학교에 간다.

줄이 돌아간다 줄 돌리는 사람 없이 저 혼자 잘도 도는 줄이 허공을 휘가르며 양배추의 빽빽한 살결을 잘도 썰어 댄다 나 혼자 폴짝 줄 넘고 있었는데 두 살 먹은 내가 개똥 주워 먹다 말고 폴짝 줄 넘고 있었는데 다섯 살 먹은 내가 아빠 밥그릇에다 보리차 같은 오줌 질질 싸다 말고 폴짝 줄 넘고 있었는데 아홉 살 먹은 내가 팬티 벗긴 손모가지 꽉 물어 뜯다 말고 폴짝 줄 넘고 있었는데 열세 살 먹은 내가 빨아줘 빨아주라 제 자지를 꺼내 흔드는 복순이 할아버지한테 침 퉤 뱉다 말고 폴짝 줄 넘고 있었는데 열여섯 살 먹은 내가 본드 빨고 토악질해대는 친구의 뜨끈뜨끈한 녹색 위액 교복 치마로 닦다 말고 폴짝 줄 넘고 있었는데 열아홉 살 먹은 내가 국어선생님이 두 주먹에 날려버린 금 씌운 어금니 두 대 찾다 말고 폴짝 줄 넘고 있었는데 스물두 살 먹은 내가 두 번째 애 떼러 간 동생 대신 산부인과에서 다리 벌리다 말고 폴짝 줄 넘고 있었는데 스물네 살 먹은 내가 나를 걷어찬 애인과 그 애인의 애인과 셋이서 나란히 엘리베이터 타 오르다 말고 폴짝 줄 넘고 있었는데 스물여덟 살 먹은 나 혼자 폴짝 줄 넘고 있었는데 줄 돌리는 사람 없이 저 혼자 잘도 도는 줄이 돌고 돌수록 썰면 썰수록 풍성해지는 양배추처럼 도마 위로 넘쳐나는 쭈글쭈글한 내 그림자들이 겹겹이 엉킨 발

로 폴 짝 폴 짝 줄 넘어가며 입 속의 혀 쭉쭉 뽑아 길고 더
길게 줄을 잇대나간다

_ 김민정의 시 〈나는야 폴짝〉

나는
푸른색 ⋯⋯⋯
거짓말을
곧잘 한다

출판사에서 일하는 친구랑 점심을 먹었다. 친구가 후배 직원과 같이 나왔다. 뿔테 안경에 더벅머리인 선머슴 비주얼에다가 어딘가 경중거리는 뒤태가 단독의 망상 체계를 구축한 소년 캐릭터를 연상시켰다. 앞서거니 뒤서거니. 5월의 다정한 햇살로 데워진 합정동 주택가 골목길을 터벅터벅 내려가는데 그 소년이 내 쪽으로 몸을 기울여 말을 건다. "저, 등단하셨다고요?"

첨엔 놀랐고 바로 웃겼다. 너무 뜬금없는 대사가 무슨 접선하는 것 같았다. 시 읽는 여자로 나를 치장한 적은 있을지언정, 시 쓰는 인격으로 행세한 적은 없다. 그 푸른색 거짓말을 나는 모른다. 알고 보니 친구가 나에 대해 시를 좋아한다며 시집 운운한 모양이다. 그 소년이 '시집'이라는 말에 혹해서 '등단'까지 진도를 빼서 정보를 왜곡 수용한 거다. 뭐 그럴 수 있다. 사람은 들리는 말을 듣지 않고 자기의 욕망을 투사해서 듣고 싶은 대로 들으니까. 나는 시를 좋아만 하지 한 번도 써 본 적이 없으며 좋은 독자가 되는 게 꿈이라면 꿈이라고 말해 주었다.

소년이 묻는다. "시인 중에 누구를 좋아하세요." 이럴 때마다 갈등한다. 황지우 시인에게 미안해하면서 이성복 시인이라고 대답했다. 반색한다. "저도요. 이성복 시인. 저는 필사도 했어요." "나도 필사했는데. 무슨 시집?" "전,《뒹구는 돌(은 언제 잠 깨는가)》." "난,《남해 금산》." 파편처럼 말들이 무섭게 반짝였다. 동질감 싹트고 소수성 돋았다. 어느 쪽에서 사라지려던 무엇이 이 세상에 용납되고 있다는 느낌이랄까. 끝말잇기처럼 대화가 척척 풀렸다. 그럴수록 처연했다. "시의 일은 부상당한 이를 돌보는 것"이라는 말대로 나는 마음이 소란스러울 때 백팔 배를 하는 심정으로 시를 필사한다. 의식의 흐름은 차단되고 근육의 움직임만 있는 그 상태. 관절이 뻐근해지면서 몸에서 목탁 소리 들릴 때까지, 쓴다. 소년은 어쩌자고, 왜, 그리도 썼는가. '시인이 되고 싶어 등단을 준비했는데, 재능이 없는 거 같아서 포기하고 밥벌이에 나섰다'고 한다. "저는《뒹구는 돌》처럼은 못 쓰겠더라고요." "목표가 좀 과했네요." 나의 말에 소년은 낄낄거렸다.

내 친구가 일하는 출판사는 경제경영서를 주로 낸다. 그리움의 언어로 집을 짓는 문학과는 좀 먼 일, "내면의 얼어붙은 바다를 도끼로 깨는 일"(카프카)과도 좀 동떨어진 책을, 소년은 만들고 있다. 어쩌자고 초면에 '고독의 패'를 봐버린지라 심란했다. 누군가 재능이 없다면 재능이 발휘될 때까지 써 보지 않아서 그렇다고, 써 보기 전에는 재능은 드러나지도 않고 드러날 수도 없다고, 말해 주고 싶었다. 그 푸른색 거짓말을 나는 곧잘 한다. 그날은 그냥 담백하게 "시 놓지 말아요" 했다. 때 아닌 시담에 배고픔을 잊었는지 소년은 비빔밥을 남겼다. 근처 카페로 갔다. 빨대로 얼음을 휘저으며 아이스커피를 마시는데, 소년이 낮은 포복으로 상체를 숙이고 2차 암호를 건넨다. "저기, 이장욱 시인." 밖을 보는 척 왼편으로 고개를 돌리니 한 얼굴에 초점이 잡힌다. 다음 주 시 세미나에서 읽기로 한 바로 그 시인이다. 어제 사진을 본 시인과 오늘 같은 카페에서 같은 음악을 듣고 같은 원두를 마시게 될 줄이야. 김수영 시인이 죽은 1968년 6월 16일 바로 다음 날 태어난 한 시인이 와 있다. 무슨 법처럼, 한 시인이 서 있다.

푸른색. 때로는 슬프게 때로는 더럽게 나를 치장하던 색.
소년이게 했고 시인이게 했고, 뒷골목을 헤매게 했던 그
색은 이젠 내게 없다. 섭섭하게도

나는 나를 만들었다. 나를 만드는 건 사과를 베어 무는 것
보다 쉬웠다. 그러나 나는 푸른색의 기억으로 살 것이다.
늙어서도 젊을 수 있는 것. 푸른 유리 조각으로 사는 것.

무슨 법처럼, 한 소년이 서 있다.
나쁜 소년이 서 있다.

_허연의 시 〈나쁜 소년이 서 있다〉 부분

내
시집이 ....
국밥
한 그릇만큼

가난이란 말이 어릴 때부터 왜 그렇게 무작정 슬펐는지 모른다. 물론 스콧 니어링처럼 존엄한 가난도 있다. 함민복 시인처럼 따뜻한 가난도 있다. 가난이 꼭 궁핍과 불행과 동의어는 아니다. 안다. 그런데 불편하고 아픈 가난이 훨씬 더 많다. 벤야민도 말한다. "가난은 부끄러운 일이 아니다. 지당한 말씀이다. 그러나 세상은 가난한 사람을 수치스럽게 만든다. 그렇게 만들면서 알량한 금언으로 그들을 위로한다." 가난한 사람은 많지만 밥 굶는 사람은 없다고들 한다. 그래도 그들을 생각하면 심히 걱정스러웠다. 시인들과 시민단체 활동가들. 그들은 박봉으로 어떻게 서너 명 가족이 먹고살까. 몇 년 전부터 이 문제에 관심이 갔다.

지난달, 기초수급자로 어려서부터 만성신부전증을 앓는 열다섯 소녀를 만났다. 투석을 오래 해서 얼굴색이 검었고 피부가 건조해서 군데군데 긁어 생긴 부스럼투성이었다. 신장을 이식받았다가 부작용으로 다시 떼어 내는 수술을 했다. 엄마가 잘 돌봐 주지 못해 집에 있다가 아프면 혼자서 택시를 타고 응

급실로 달려온다는 사회복지사의 얘기도 들었다. 저 작은 몸에 지워진 삶의 무게가 안쓰러워 혼났다.

지금은 빈혈이 심해서 퇴원을 못하는데, 어서 병원을 나가 돌아다니고 싶다고 했다. 얼마나 사고 싶은 것도 하고 싶은 것도 많을까. 가난하면 밥은 안 굶지만 주위에 사람이 없다. 친척도 친구도 이웃도 없다. 부모 세대부터 인적 기반이 취약하니 단돈 천 원이라도 용돈은 있겠지만, 세뱃돈이나 지인이 주는 '공돈의 기쁨'이 없을 것이다. 얼마 전 할머니와 내 친구에게 용돈을 연거푸 받고 좋아 날뛰던 또래의 아들 녀석 생각이 나서, 지갑에 있던 돈 삼만 원을 몰래 환자복 주머니에 넣어 줬다. 엄마한테 말하지 말고 퇴원하면 쓰라고 했더니 얼굴이 해바라기꽃처럼 환해진다. 함민복 시인이 지어 준 세상에서 가장 따뜻한 긍정의 밥 삼만 원이 그렇게 소녀의 입으로 들어갔다.

시 한 편에 삼만 원이면
너무 박하다 싶다가도
쌀이 두 말인데 생각하면
금방 마음이 따뜻한 밥이 되네

시집 한 권에 삼천 원이면
든 공에 비해 헐하다 싶다가도
국밥이 한 그릇인데
내 시집이 국밥 한 그릇만큼
사람들 가슴을 따뜻하게 덥혀줄 수 있을까
생각하면 아직 멀기만 하네

시집이 한 권 팔리면
내게 삼백 원이 돌아온다
박리다 싶다가도
굵은 소금이 한 됫박인데 생각하면
푸른 바다처럼 상할 마음 하나 없네

_ 함민복의 시 〈긍정적인 밥〉

세상에는
.... 무수한
아픔이 있다

지하철에서 소요했다. 이리저리 헤매면서 두어 시간을 보냈다. 취재였다. 나는 고등학교를 들어가면서부터 잠실에서 무학재까지, 3년간 매일 세 시간 가량을 지하철에서 살았다. 사춘기 시절 나의 자궁이었다. 지하철에서 수많은 책을 읽고 친구들과 수다를 떨었다. 그렇게 친숙하고 중요한 삶의 장소인데 '이용자'가 아니라 '관찰자'의 자리에 놓이니까 그 공간이 한없이 낯설었다.

지하철 개찰구 주변 저만치에 나처럼 서성이는 남자아이가 보였다. 열다섯 살 정도 되었을까. 얼굴은 검고 키가 작았다. 몸집이 왜소했다. 생기 없는 낮은 걸음걸이. 보라색 셔츠에 검은 넥타이로 멋을 냈는데 몇 개월 갈아입지 않은 옷 같았다. 후줄근했다. 내 맘대로 '가난한 아이'라고 규정했다.

같이 취재를 간 수녀님이 대신 역무원에게 말했다. 저 아이가 아까부터 저기 있는데 차비가 없는 거 같다고. 역무원이 표가 없느냐고 물었더니 고개를 끄덕인다. 정말 가난한 아이였다. 역무원이 리모컨 원격조종으로 문을 열어 줬다. 그 아이가 개찰구를 나가는 순간, 수녀님이 천 원짜리라도 줘야 하나 싶다면서 가방을 열려고 했다. 나도 같이 지갑을 꺼내는데 이미 '문'을 통과한 아이가 뒤를 잠시 돌아보고는 가방을 만지는 수녀님과 눈이 찌르르 마주쳤다. 아이는 어정쩡하게 1초 정도 몸을 이쪽으로 틀려다가 뒤돌아 진행 방향으로 총총 사라졌다. 나는 불러 세워서라도 줘야 하는 건 아니었을까, 후회했다. 점심을 먹는데 아이의 애처로운 눈빛이 냉면 육수 위에 떠다녔다.

차비가 없으면 밥은 당연히 못 먹겠지. 편의점에서 삼각 김밥 훔치다가 걸려서 혼날지 모르겠다. 부모는 안 계시거나 아프시겠지. 관절염이 심해서 제대로 걷지도 못하는 할머니가 키우려나. 시설에 있는 아이가 뛰쳐나왔을까. 동정과 연민의 정념이 목에 걸린 가시처럼 내려가지 않았다. 며칠 후 빈곤에 관심이 많은 선배에게 의논이랍시고 말했다. 독거노인도 그렇고 태어나자마자 영아원에 맡겨지는 아이도 불쌍한데, 나는 그중에서 청소년이 제일 마음 아프다고. 편의점에서 아르바이트하거나 중국집 배달하면서 노동착취 당할 테고 한참 클 나이에 먹지도 못하고 공부할 나이에 배움에서도 소외되는 아이들. 최소한 기본권을 보장받으면서 길러져야 하는데 무슨 죄냐고. 그냥 속상하다고. 그랬더니 선배가 심상하게 말했다. "다 살아. 걱정 마라." 나는 그 아이를 내 마음대로 불행한 애라고 생각하지 않기로 했다.

비는 퍼붓고 거리가 캄캄했다. 을씨년스러운 토요일 오전 모란역 근처. 모란시장을 가야 했지만 무리였다. 이른 점심을 먹으면서 비가 그치기를 기다리기로 했다. 식당 몇 개를 통과했다. 대부분 술안주를 파는 허름한 선술집이었다. 그중에 가장 백반집처럼 보이는 간판이 붙은 '전주식당'을 택했다. 나는 첫 손님이겠거니, 영업을 하려나 조심스레 문을 열었다가 화들짝 놀라서 튕겨 나올 뻔했다. 동굴의 박쥐처럼 달려드는 눈동자들. 얼굴이 벌겋고 눈이 풀려 있는 남자들이 일제히 출입문 쪽을 쳐다봤다. 손님이 많았다. 테이블에는 빈 소주병과 맥주병이 촘촘히 놓여 있었다. 빨간 립스틱을 바른 아주머니가 앞치마에 손을 닦으면서 주방에서 나와 "저기 앉으시라"라며 환대했다.

음산하고 기괴한 분위기. 나는 농촌 스릴러물에 나오는 잠입 형사처럼 구석에 앉아 눈치를 살폈다. 오전 11시에 저렇게 취하려면 최소한 10시부터는 마셨겠지. 주방의 분주한 손놀림과 아저씨들의 질펀한 자세가 비단 오늘만은 아닌 것 같았다. 참이슬로 속을 씻어 내지 않으면 처음처럼 살아갈 수 없는 고단한 삶일까. 아저씨들은 그렇다 치자. 새벽에 인력시장 나왔다가 일감을 못 얻고 열 받은 김에 한잔할 수도 있다. 건너편 테이블의 인적 구성이 의아했다. 여덟팔자八字 눈썹의 순박한 중년 아저씨와 선량한 시민의 어머니 같은 아주머니, 그리고 블

라우스와 스커트 차림의 긴 생머리 이십 대 아가씨 둘. 그들은 소주와 아귀찜을 먹다가 반도 더 남은 상태에서 또 샤브샤브를 추가했다.

테이블에 음식과 술이 넘쳤다. 아가씨들은 이마까지 술이 차올랐다. 화상 입은 것처럼 빨간 얼굴. 무표정했다. 술 마시면 더 괴롭거나 더 즐겁거나 둘 중 하나인데, 판단중지가 일어난 듯 보였다. 가장 설득력 있는 진부한 설정으로 술집 아가씨와 업주 사이라 하기엔 어딘지 느슨하고 어설펐다. 그렇다고 가족의 지겨움도 안온함도 없다. 여하튼 통속적이지 않았다. 드라마와 영화와 소설에서 변주되는 그 숱한 삶의 유형으로도 상상하지 못하는 것이 인간사다. 어쨌거나 다 살아간다. 세상에는 무수한 삶이 있다. 이 말은 세상에는 무수한 아픔이 있다는 뜻이다. 알고 싶은. 그러나 알 수 없는. 그래서 보고도 모르는.

그리고 나는 우연히 그곳을 지나게 되었다
눈은 퍼부었고 거리는 캄캄했다
움직이지 못하는 건물들은 눈을 뒤집어쓰고
희고 거대한 서류뭉치로 변해갔다
무슨 관공서였는데 희미한 불빛이 새어나왔다
유리창 너머 한 사내가 보였다
그 춥고 큰 방에서 서기(書記)는 혼자 울고 있었다!
눈은 퍼부었고 내 뒤에는 아무도 없었다
침묵을 달아나지 못하게 하느라 나는 거의 고통스러웠다
어떻게 해야 할까, 나는 중지시킬 수 없었다
나는 그가 울음을 그칠 때까지 창밖에서 떠나지 못했다

그리고 나는 우연히 지금 그를 떠올리게 되었다
밤은 깊고 텅 빈 사무실 창밖으로 눈이 퍼붓는다
나는 그 사내를 어리석은 자라고 생각하지 않는다
_기형도의 시 〈기억할 만한 지나침〉

나의
가슴은
이유 없이
풍성하다

"지금 파리는 새벽 1시 반이고 남자친구도 강아지들도 다 잠이 들었어요. 공부하던 책을 내려놓고 멍하니 앉았다가, 잠 안 오면 한 잔씩 마시려고 사다 둔 술을 병째로 마시고 있어요. 그러니까 새벽이고 술을 마셨으니까 감정적이어도 이해해 달라고 자기변명을 하는 중이에요, 언니. 아니 이렇게 해야 누군가에게 마음을 터놓을 수 있지 않을까 그런 쓸데없는 어리광을 부려 보는 중이에요······. 떠나··· 온··· 거 후회해요. 이제는 밤에 잠도 잘 이루지 못할 만큼. 왜 그때 떠나왔을까. 뭘 배우겠다고 떠나왔을까. 나 살던 공동체에서도 못 찾던 답이 여기에 있을 리 만무한데. 전 이제 비판 따위 할 자격도 없는 놈인 거 같아요.

언니는 자본주의가 뭐라고 생각해요? 소작농들의 처절한 1년 농사를 다 앗아 가는 지주나, 노동자들의 노동 대가를 다 가져가는 부르주아나 다를 것도 없는 더러운 세상에 그래도 신분제가 철폐되었다는 것이 역사의 진보였다고······ 언니 한마디만 대답해 주세요. 그럼 정말 믿을게요. 어떤 철학자의 말보다 어떤 혁명가의 말보다도요······. 어제 홍대 미화원 노동조합에 쌀을 인터넷으로 사서 보내 놓고 전 제 자신이 용서가 안됐어요. 나이라는 걸 먹으면 강해질 줄 알았고 강해지면 더 또렷해질 줄 알았는데, 스무 살이건 서른 살이건 한국이건 프랑스건 저는 아직도 질문 외에는 할 줄 아는 게 없어요. 이젠 제 자신에 대한 분노로 비판도 부끄러워, 너무 부끄러워서 잠을 이룰 수도 없어요.

생태 공동체건 유럽식 사회주의 복지사회건 모두 허울임을…… 설령 프랑스의 노동자가 잘 살고 한국의 노동자가 잘 살게 된들 남미의 농민이 가난한 세상이면 결국 아무 의미 없다는 걸. 왜냐하면 북반구 산업국가의 노동자들이 한때나마 임금이 올라 잘 살아도 그 구조적인 자본주의의 착취가 사라지지 않는 한 결국은 소용없는 일이라는 거. 내 공동체만 억울한 이 없으면 끝날 일도 아니기에. 눈만 뜨면 정보라는 이 세상에, 1초면 이렇게 구만리를 넘어 글이 도착하는 이 세상에 연대조차 못하는 우리가, 태연하게 사회의 잉여물로 공부라는 걸 했다는 저 같은 것들이 아무것도 못한다는 것에…… 언니, 미안해요. 질문이라는 거 계속하면 그거 답은 아니더라도 길은 보이겠죠? 그렇죠?"

"네 편지 읽으니 좋구나. 젊음이 느껴진다. 그런 고뇌, 그런 방황 나는 안 해 본 지 너무 오래된 거 같아. 보수적으로 되어

가는 증거겠지. 자명한 것에 물음을 던지지 않는 것 말이야. 떠나온 것 후회되니? 난 태어난 것이 후회된다. 이 세계가 추악하고 나란 존재는 무기력하고 그래. 요새 인생 최대의 슬럼프를 보내고 있단다. 서울은 한 달 넘게 영하 10도 날씨가 계속되어서 마흔을 넘긴 내 몸은 완전 땅으로 꺼지려 해. 그런데도 정치 철학 강좌 듣고 왔어. 살을 에는 찬바람 맞으며 오지 않는 버스를 기다리면서 나는 왜 공부하는가, 무엇을 얻으려고 하는가, 남들처럼 무슨 학위 따고 연구자의 길을 갈 것도 아닌데……. 그냥 나의 갑갑함이겠지. 뭐라도 삶의 근거, 희망 나부랭이를 찾고 싶은.

산다는 것은 물음을 발명하는 일이지. 묻고 답하고 한평생 그러다가 가는 거야. 물음이 멈출 때 투쟁도 끝나겠지. 네 공부도 이제 1년 남았으니 좀 더 힘을 내렴. 일단 이루려던 목표는 이루고. 그곳이 서울이든 아프리카든 파리든 네 몫이 있을 거야. 혹시 공유정옥 씨 아니? 의대 출신 운동권인데. 지금은 의사 그만두고 삼성 백혈병 노동자 도우면서 노동보건운동 활동가로 일하더라고. 네 생각했어. 너도 의대 졸업해서 반도체산업 노동자들 위해서 일하면 좋겠다 싶더라고. 국제연대가 필요한 영역이기도 해서.

파리에 있으면서 홍대 노동자 아주머니들에게 쌀을 보냈다니 나보다 훨씬 낫구나. 난 집에서 가까운데 아직 못 가 봤거든. 그런 나누는 마음에 의학적 지식까지 갖추고 있으면 네 앎과 삶은 넘쳐흘러 누군가의 삶에 가닿겠지. 우린 다 연결되어 있으니까 말이야. 나는 이 세계를 덮고 있는 자본의 신을 벗어나 다른 삶의 척도를 발명할 수 있는 그런 삶의 공부를 하고 싶어. 근데 몸이 힘들고, 아이도 둘이나 있고, 머리는 안 돌아가서 괴로워. 그젠 남편이랑 싸웠어. 너도 알다시피 형부가 완전 순둥이인데, 자기도 내가 외부 활동이 많으니까 불편하고 싫은가 보더라고. 가정을 이루고 사는 일도 힘겹고 공부도 그렇고 뭐 하나 쉬운 일이 없다만 그래도 피하는 건 비겁하겠다, 여길 극복하지 못하면 또 걸리겠다, 그런 생각해.

　네 고민들, 네가 회의하는 것들, 충분히 소중해. 현대정치 지형에서도 물음으로 채택한 것들이고. 그걸 잘 품고 농익혀서 살다 보면 어떤 우발적인 기회로 사건은 다가올 테고, 네가 무언가 하고 있게 될 거야. 떠나온 거 후회되는 마음, 충분히 이해한다. 유학생활에 그런 위기와 갈등이 없을 순 없겠지. 결혼생활도 마찬가지고. 나도 남편과 싸우고 펑펑 울었어. 삶은 늘 그래. 어디 빠져나갈 구멍이 없어. 외부가 없더라. 대단한 무엇 없이 소소한 일상으로 굴러가고. 마치 바다처럼 아무것도 대단한 게 없다는 점. 그게 삶의 놀라움이겠지. 너무 큰 물음 세워 놓고 내가 작다며 자학하지 말고, 싸우는 노동자들한테 쌀도 보내고 서로 하소연도 하고 술도 마시면서 우리 그렇게 살

자. 힘내렴. 술 먹고 인류 문제로 꼬장 부리는 후배도 있고, 나
는 행복하다."*

* 8년 전, 분쟁 지역에서 활동하는 의사를 꿈꾸며 프랑스로 유학 간 후배와 나눈 편
지다.

혁명은 안 되고 나는 방만 바꾸었지만
나의 입속에는 달콤한 의지의 잔재 대신에
다시 쓰디쓴 담뱃진 냄새만 되살아났지만

방을 잃고 낙서를 잃고 기대를 잃고
노래를 잃고 가벼움마저 잃어도

이제 나는 무엇인지 모르게 기쁘고
나의 가슴은 이유 없이 풍성하다

_ 김수영의 시 〈그 방을 생각하며〉

나는 가끔 ....
도시에서
길을 잃는다

벤야민의 자전적 에세이《베를린의 어린 시절》을 보면 "도시에서는 길을 헤매도 그다지 큰일은 아니다. 하지만 숲속에서 길을 잃듯이 도시에서 길을 잃으려면 훈련을 필요로 한다. 이 경우 거리 이름이 마른 나뭇가지가 뚝 부러지는 소리처럼 도시를 헤매는 이에게 말을 걸어 줘야 하며, 도심의 작은 거리들은 산골짜기의 계곡처럼 분명하게 하루의 시간을 비춰 줘야 한다" 라는 구절이 있다. 평소 싸돌아다니기를 즐겨 하는 나로서는 이 암호 같은 문장에 일순 매혹되었다. 아는 길도 물어 가는 게 아니고 길을 잃는 훈련을 하라니……

나도 가끔 길을 잃는다. 혼자 운전할 때. 양평 두물머리 드라이브 코스가 아니고 마트에 장 보러 가는 길에. 그래도 그 시간이 좋다. 어수선한 집안에서 빠져나와 아늑한 차 안에 웅크리고 있자면 존재감이 태동한다. 탯줄 타고 영혼에 시동이 걸리면 부르르 몸 깨어난다. 굽어보는 세상. 보이는 것이 이전과 다르다. 하루는 동네 어귀를 빠져나오는데 저 앞에서 리어카가 느릿느릿 전진했다. 아니 산처럼 쌓인 폐지가 작은 섬마냥 둥둥 떠갔다. 리어카를 끌고 있을 이의 형체는 보이지 않았다. 저

폐지섬을 쌩하고 앞지르자니 죄송하고 저속 주행하려니 뒷차 눈치가 보였다. 시속 5킬로미터로 졸졸졸 따라가다가 조심스레 추월했다. 어쩐지 신호 위반하는 기분이 들어 오른쪽 사이드미러를 힐끔거렸다. 리어카는 차도 옆에 바싹 붙어 나를 바라봤다. 리어카 손잡이 사각 링에 배를 댄 아저씨가 꼭 대롱대롱 매달려 가는 것처럼 위태롭다. 들숨날숨 뱃심으로 밀고 나가는 생. 항상 노랑 유치원 버스나 빨강 학원 차가 아이들을 한 무더기씩 쏟아 내는 그 거리. 거주연한 20년 된 동네가 한없이 낯설었다. 상어처럼 민첩하게 내달리는 차들 사이에서 점점 더 멀어져 가는 폐지섬. 바라봐야 비로소 떠오르는 섬.

그날 이후 리어카를 자주 본다. 리어카가 나를 먼저 알은체한다. 나 또 왔어. 이런다. 벤야민 말대로라면, 그것은 내 선택이 아니다. 우리는 우리를 바라보는 것만 본다. 서울 도심에 의외로 폐지 줍는 분들이 많다. 주로 아저씨나 할아버지다. 성별 분업화인가. 버스 정류장에 쭈그리고 앉아서 보리, 완두콩, 호박, 가지, 냉이 파는 분들은 거의 여자다. 남자 어르신들은 죄다 어디 있나 했더니 리어카를 몰고 계셨다. 며칠 전 연구실에서 집에 가는 길. 볕이 좋아 걸었다. 돈암동에서 삼선교 지나 혜화동 로터리로 향하는데, 한 할아버지가 구릿빛 얼굴이 되어 낑낑 리어카를 몰고 올라왔다. 연달아 또 한 대가 바위처럼 굴러

왔다. 박수근 그림처럼 납작납작 눌린 아저씨가 이번에는 조금 작은 구루마를 끌고 출현한다. 약간 오르막이다. 이 가파른 길에 어찌 된 일인가 싶어 두리번두리번 살펴봤더니 내가 걸어온 길에 폐지 집하장이 두 군데나 있었다.

왜 못 봤을까. 작년 가을부터 일주일에 서너 번 여기를 지나 갔다. 버스 창밖으로 커피 전문점, 예쁜 소품가게, 음식점, 은행 등은 다 훑고 눈도장 찍어 두었던 참이다. 자본과의 현혹관계에 물든 감각이 볼 수 있는 것은 이토록 뻔하단 말인가. 그도 아니면 의도적 무지, 외면일까. 황망하고 부끄러웠다. 벤야민이 "아이들은 사물세계가 자신들에게만 보여 주는 얼굴을 알아본다"라고 했으니, 아마 내가 어린아이였으면 폐지 집하장을 놓쳤을 리 없다. 깎아지른 절벽처럼 높게 쌓인 종이벽이 부르는 소리를 들었을 테고, 꼽추 난쟁이처럼 등 굽은 할아버지를 봤을 것이다. 사람을 사람으로 알아보는 능력이 퇴화되는 것 같아 두려웠다. 꼽추 난쟁이를 바라보지 않아 자신도 어느덧 꼽추 난쟁이가 되어버렸다고 말하는 벤야민의 아픈 회한을 기억해야지.

굽은 허리가
신문지를 모으고 빈 상자를 접어 묶는다
몸뻬는 졸아든 팔순을 담기에 많이 헐겁다
승용차가 골목 안으로 들어오자
바짝 벽에 붙어 선다
유일한 혈육인 양 작은 밀차를 꼭 잡고

저 고독한 바짝 붙어서기
더러운 시멘트벽에 거미처럼
수조 바닥의 늙은 가오리처럼 회색 벽에
낮고 낮은 저 바짝 붙어서기

차가 지나고 나면
구겨졌던 종이같이 할머니는
천천히 다시 펴진다
밀차의 바퀴 두 개가
어린 염소처럼 발꿈치를 졸졸 따라간다

늦은 밤 그 방에 켜질 헌 삼성테레비를 생각하면
기운 싱크대와 냄비들
그 앞에 서 있을 굽은 허리를 생각하면

목이 메인다

방 한구석 힘주어 꼭 짜 놓았을 걸레를 생각하면

_ 김사인의 시 〈바짝 붙어서다〉

신앙촌
.... 스타킹

오전 11시 반, 망원동 작은 사거리 빵집 앞. 약속한 사람을 기다렸다. 5분이 지났는데 오지 않았다. 빵집에서 커피를 사 들고 골목 안쪽 주택가 방향으로 몇 걸음 들어갔다. 조금 높은 보도 블록에 앉았다. 커피와 가방을 옆에 놓고 책을 꺼냈다. 길거리 카페. 오랜만에 보는 보들레르. 오규원 시집을 읽다가 보들레르 시집으로 시심이 번졌다. 햇살도 바람도 다사로운 가을 아침. 마음이 간지러워 집중이 안 되었다. 시 한 줄 허공 한 줌, 커피 한 입 시계 한 번. 두리번거리는데 멀리서 노파가 나타났다. 아흔쯤 되어 보이는 진짜 할머니. 머리는 새하얗고, 몸은 뻥튀기처럼 푸석푸석했다. 느릿느릿 5초에 한 걸음씩 내딛는다. 지상의 무대에는 할머니와 나만 존재했다.

점점 내게로 다가오는 형상. 하늘은 이 눈부신 해골을 바라보고 있었다. 피어나는 꽃이라도 바라보듯 나는 눈을 뗄 수 없었다. 꿈속에서 저승사자를 봤을 때처럼, 피할 수 없으리란 예감에 사로잡혔다. 분명 할 말 있는 표정이다. 책으로 눈을 피했다가 고개를 드니 할머니가 코앞. 예상대로 기어이 입을 떼신다. "눈 밝아 좋겠다! 나는 암것도 안 뵈. 보고 싶어도 못 봐. 눈 밝아 좋겠다……." 단역배우 대사 치듯 웅얼웅얼 말을 던지시고 지나간다. 시크하다. 모퉁이를 돌아가는 할머니 손에 무언가 들려 있다. 자세히 보니 손바닥보다 큰 낙엽 대여섯 장이다. 낙엽 쥐고 어디로 가시는 걸까. 육체의 전원이 하나씩 꺼져 가는 몸뚱이. 지팡이가 아니라 낙엽에 기댄 할머니. 사라지는 뒷등이 말한다. 썩어 문드러져도 내 사랑의 형태와 거룩한 본질을 간직하고 있다고.

돈암시장 이불가게 주인아주머니는 볼 때마다 누워 계신다. 이불은 하루에 몇 채나 팔릴까 걱정하며 지나간다. 이불가게는 최적의 숙면 환경. 전국 재래시장 모든 이불가게 아주머니는 가로로 누워 있겠다고 상상한다. 오늘은 새로운 사실을 알았다. 속옷 양품점 주인아주머니도 누워 계신다. 스타킹 사려고 유심히 살펴봤다. 그러다가 잠옷, 내복, 양말 파는 양품점을 발견했다. "아무도 안 계세요?" 빼꼼 문을 열고 가게 안쪽에 들어갔더니 아주머니가 벌떡 직각으로 일어난다. 뒤통수 파마머리가 납작하게 눌렸다. "스타킹 있어요? 발목까지 오는." "있지. 들어와." "얼마예요?" "오백… 천 원이야. 신앙촌 거라 좀 비싸. 천 원이야 천 원. 구멍도 안 나고 참 좋아." "아, 신앙촌." 나는 고개를 끄덕끄덕 수긍했다. '신앙촌'이라는 브랜드는 우리 엄마 적부터 유명했다. 말 그대로 신앙인 공동체 마을에서 양말, 내복 등을 생산해 큰 시장이나 동네 양품점에 내다 팔았는데, 가

격이 저렴하고 품질이 우수해서 인기가 좋았다. 요즘은 아예 '신앙촌상회'라는 체인점이 곳곳에 눈에 띄더라만 복고 열풍 타고 사세가 확장된 모양이다. 아무튼 신앙촌 양말을 계산하고 는 나도 모르게 툇마루에 털썩 앉았다.

"아주머니, 신고 가도 되죠? 스타킹을 안 신었더니 발이 아 파서요."

"아, 스타킹을 왜 안 신었어! 맨발에 구두 신으면 구두가 발 을 파먹지. 나도 옛날에 강남에 나갈 때 구두 신고 나갔다가 벗 어서 들고 오고 그랬어. 구두가 발을 파먹는다고, 파먹어!"

아주머니가 보들레르다. 어떻게 구두가 발을 파먹는다는 표 현을 쓰실까. 실감 나고 독창적인 언어 구사에 감탄한다. 아주 머니의 연분홍 꽃 시절. 뾰족구두 신고 잔뜩 멋 부리고 강남에 는 어떤 일로 가셨을까 궁금하다. 근데 내 발이 문제다. 스타킹 색상이 좀 밝다. 코티분가루 같은 신앙촌 스타킹. 발에 끼우니 뿌옇게 발이 부푼다. 면양말처럼 투박하다. 거기에 까만 구두 를 끼우니 심히 촌스럽다. 비비안 스타킹 스킨컬러와는 채도와 질감이 완전 다르구나. 어찌하랴. 구두가 파먹은 발, 뿌연 구더 기 색깔의 신앙촌 붕대로 감싼 발이 나의 본질이다.

— 허나 언제인가는 당신도 닮게 되겠지,
이 오물, 이 지독한 부패물을,
내 눈의 별이여, 내 마음의 태양이여,
내 천사, 내 정열인 당신도!

그렇다! 당신도 그렇게 되겠지, 오 매력의 여왕이여,
종부성사 끝나고
당신도 만발한 꽃들과 풀 아래
해골 사이에서 곰팡이 슬 즈음이면,

그때엔, 오 나의 미녀여, 말하오,
당신을 핥으며 파먹을 구더기에게,
썩어 문드러져도 내 사랑의 형태와 거룩한 본질을
내가 간직하고 있었다고!
_보들레르의 시 〈시체〉 부분

사는 일은
가끔 외롭고
자주 괴롭고
문득 그립다

어느 겨울. 시집에서 제사를 지내고 한 시간가량 운전을 해서 집에 왔다. 남편과 아이들은 잠들고 나는 거실에 멍하니 있었다. 두 눈만 꿈뻑꿈뻑. 모드 변환 중이다. 몸에서 식용유 냄새랑 트리오 과일향이 빠져나가길, 다시 나로 돌아오기를 기다리고 있었다. 감정이 복잡했다. 일체유심조를 이루고자 반야심경을 읽는 심정으로 시집을 뒤적거리는데 문자가 왔다. "뭐 하니." "그냥 있어." 술자리를 마치고 가는 길인데 뭔가 아쉬워서 연락했다는 그. 문득 마음이 동했다. 자기재건 본능인지 떠남의 욕망인지 모를 기습적인 충동이 일었다. 우리는 술꾼처럼 '딱 한 잔만' 하기로 했다. 그는 2호선 반대 방향으로 갈아타 되돌아오고, 나는 택시를 잡아타고 양화대교를 건넜다. 합정역 4번 출구에서 상봉했다. 배시시 웃고는 사뿐히 팔짱을 끼고 홍대 쪽으로 걸었다.

얼얼한 바람이 전신을 휘감았다. 정신이 들고 생기가 돌았다. 호프집에 가서 소주를 마셨다. 시집에서 술집으로 배치가 바뀌니까 존재가 달라진다. 비록 무릎 나온 추리닝의 꾀죄한

차림이지만, 재투성이에서 신데렐라로 변신한 것 같았다. 역할이 아니라 영혼이 만나 마주하니 좋았다. 해야 할 얘기와 하지 말아야 할 얘기를 구분하지 않아도 되어 편했다. 그렇게 감정의 평형상태를 즐기는데, 자꾸 목 앞쪽이 껄끄러웠다. 목걸이도 안 했는데 이게 뭔가 싶어 만져 봤더니 스웨터 상표였다. 황급히 나오느라 윗도리의 앞뒤를 바꿔 입은 거다. '나 다급했나…….' 웃기면서도 부끄러웠다. 화장실 가서 고쳐 입고, 그의 옆자리로 가서 앉았다. 고속버스 승객처럼 나란히 앉아 떠들다가 고개 뉘여 그의 어깨에 잠시 기대었다. 밖으로 나왔더니 얼굴에 차고 다순 알갱이가 톡 떨어졌다. 눈, 눈발이 날렸다. 나도 모르는 사이 영화 〈러브레터〉 주인공처럼 고개가 젖혀지고 두 팔이 벌려졌다. 나와 세계가 분리되지 않았다. 그 싸락눈 깔린 하얀 아스팔트를 밟으며 다시 합정역까지 걸었다.

다시 겨울. 삼선동에 이사 오고는 대학로를 한 번도 못 갔다. 전에는 업무 수행 혹은 친교 활동을 위해 종종 들르던 동네다. 가까우니 멀어진다. 대학로에 있는 그에게 그리움 담아 문자 메시지를 넣었다. "보고 잡소." "나도 보고 잡소." 급작스럽게 삼자회동이 성사되어 한 시간 뒤 동숭아트센터에서 만났다. 그가 데려간 곳은 '민들레처럼'. 박노해 시인의 시 제목인데, 술집 간판으로도 어울렸다. 강남에서 근무하는 그의 후배는 벌써

와 있었다. 택시 타고 왔단다. "너 다급했니……." 키득키득. 나
는 안다. 누구를 만나고 싶은 자가 아니라 어디로 떠나고 싶은
자는 달린다. 전속력으로. 초과 노동과 인간 소외 벗어나 자유
와 해방의 땅으로 한달음에 간다. 그곳은 편안한 소파에 안주
가 푸짐했다. 도토리묵, 파전, 과일 샐러드, 북어포, 오뎅탕이 이
만 원이란다. 배경음악도 친숙한 7080노래가 흘렀다. 소주를
한 병씩 마시고 수다도 비우고 술집을 나왔다. 예기치 못한 선
물. 눈이 날린다. 송이송이 눈꽃송이. 민들레 홀씨처럼 지상에
내려앉지 못하고 공중을 휘젓는 눈.

　그해 겨울. 용산참사 노제가 열리던 날도 그랬다. 민들레처
럼 눈이 내렸다. 함박눈이 펑펑 그칠 줄 몰랐고, 남일당 앞 스피
커 차에서는 '민들레처럼'이 연신 울려 퍼졌다. "민들레꽃처럼
살아야 한다…… 모질고 모진 이 생존의 땅에…… 온몸 부딪
치며 살아야 한다 민들레처럼……." 구슬픈 가락 따라 눈사람
이 된 유족과 검은 영정 사진이 무겁게 흘러갔다. 거침없이 피
어나 짓밟힌 사람들. 고조되는 목소리. "아, 해방의 봄을 부른다
민들레의 투혼으로 오……." 언젠가 봄은 온다고들 말하지만,
당사자에게 겨울은 너무 길고 춥다. 구체적인 아픔을 무화시키
고 봉합해버리는 상투적인 결말이 거슬렸다. 우리는 봄을 기다
리기보다 체온을 나누며 겨울을 나는 법을 노래해야 하는 게
아닐까. 마디마디 분절되어 살갗에 닿던 민들레처럼 말이다.

그는 가고 둘은 남았다. 우리는 시야가 흐려지는 몽환적인 눈을 맞으며 학림다방으로 향했다. 창 넓은 찻집에서 꼭 커피를 마시고 싶다고 내가 우겼다. 팔짱 끼고 걷다가 친구가 뒤뚱 넘어지려는 걸 구제해 줬다. "이런 낭만지수 100퍼센트, 외출지수 50퍼센트인 날, 옆에 있는 사람이 나여서 괜히 미안하다." "아냐. 고마워. 나 혼자였으면 분명히 넘어졌을 거야. 얼마나 서글펐겠어." 애인 있다고 넘어질 때 항상 안전한 건 아니며, 발 걸고 같이 넘어지는 놈들도 많다고 위로했다. 애잔한 말들. 비혼이어서 쓸쓸하고 기혼이어서 아니 쓸쓸하진 않다. 인간이어서 적적한 것이다. 그래서 스피노자는 인간은 인간에게 가장 이로운 존재라고 말했나 보다. 어쨌든 인간의 존재 조건인 고독을 등짐 진 두 여자는 좁고 가파른 학림다방 계단을 올랐다. 여전히 달달한 낭만주의 클래식이 흐르고, 일제강점기 소설가의 방처럼 담배 연기 피어나고, 레코드판 즐비하며, 소파는 나란하다. 박동훈 감독의 〈계몽영화〉에서 남녀가 맞선 보던 국제중앙다방 세트장 분위기가 마냥 정겹다. 통유리에 안긴 풍경은 넉넉하고 커피는 일품이고 손님은 만석이고 우리들 대화는 처량하다.

"회사 그만두고 싶어 죽겠다. 아주, 아주, 죽을힘 다해서 짜내고, 짜내서 다니고 있어. 설에 집에 내려갔더니 나 결혼 안 한다고 엄마가 걱정을 엄청 하시는데 회사까지 그만두면 너무 불

효 같아서.""그렇겠다. 번역만 해서는 생계가 어렵지? 아는 사람이 작년에 다섯 권 번역했는데 연봉 이천이래.""그만큼 하려면 하루에 열 시간 이상 매일 노동해야 해. 너는 그쪽 일은 하나도 안 해?""응. 요새 글쓰기 싫으네. 사람은 어떤 맹목적인 확신이 있어야 사나 봐. 그 거울을 잃어버리니까 맨 얼굴의 내가 보여서 괴롭다.""그래도 체력 될 때 써라.""그래야지.""연령주의에 갇히면 안 되겠지만 일도 사랑도 때가 있는 거 같아. 확실히 남자는 나이 들수록 만나기 더 어렵고.""근데 사십 대를 같이 보내서 한 10년 추억을 공유해야 노년에 말벗을 해도 하지 않을까. 올해는 적극적으로 남자를 만나 봐.""그래야 할 텐데 사람이 없네…….''돌림노래 같은 주제들. 결론 없는 수다. 오로지 과정으로만 존재하는 삶과 닮았다. 담소를 나누는 동안 나는 테이블에 있는 정사각형 영수증으로 종이학을 접었다. "아직도 종이학 접을 줄 아니?""그러네. 몸이 기억하나 봐. 손이 저절로 접은 거야."

데이트 생활자의 겨울. 근래 들어 근무 태만이다. 혼자 노는 기술을 알아버렸다. 이를테면, 파울 첼란의 시집을 사고는 카페에 갔다가 독일풍으로 뮌헨 빵과 에스프레소를 주문하는 등 그러고 노니 지루하진 않다. 늘 그랬다. 사는 일은 가끔 외롭고 자주 괴롭고 문득 그립다. 바늘 하나로도 없어질 수 있는 것이 생명이고 눈송이 하나로도 깨어날 수 있는 것이 사람 아닌가. 그러니 이 헛됨을 '누리면서 견딜' 수 있는 한 번의 기쁨, 한 번의 감촉, 한 번의 이윽한 진실이 필요하다. 합정동에 두고 온 그대 생각. 남일당에 두고 온 민들레처럼. 학림다방에 두고 온 종이학. 팔뚝에 저장된 체온 같은 것들……. 나의 무제한적인 부副, 눈과 함께 서리서리 쌓인 시간의 기억들. 그것으로 겨울을 나고 일생을 버틴다. 사람은 가도 옛날은 남으니까.

그와 나와 내통할 때

내 몸의 물관과 체관을 오르는 게 있지

_ 권혁웅의 시 〈내게는 느티나무가 있다 2〉 부분

자신을
너무 오래
들여다보지 ⋯⋯⋯
말 것

창밖은 5월인데 너는 미적분을 풀고 있다는 시구처럼, 창밖엔 겨울비가 내리는데 나는 겨울잠을 잤다. 까맣고 촉촉한 겨울 밤 공기에 휩싸여 〈화양연화〉 OST라도 들었어야 하는데, 날이면 날마다 오는 겨울비도 아닌데 아깝다. 으슬으슬 춥고 몸이 땅으로 꺼져 최대한 웅크리고 있다가 잠이 들었다. 그간 애들 방학하고부터는 매일 아침 10시에 일어났는데 오늘은 눈뜨니 8시. 어제 빨리 잠들어 일찍 일어난 줄 알았다. 휴대폰이 울린다. 이 이른 시간에 누굴까. 기획자다. 업무적인 대화를 나누고는 안쓰러운 마음에 물었다. "마감이 급하다더니 밤샜나 봐요? 아님 이렇게 일찍 출근한 거예요?" "어? 평소처럼 9시에 출근했는데요. 지금 10시가 다 되어 가는데⋯⋯." 무슨 말인가 싶어 휴대폰 시계를 보니 9시 53분이다. 안방 시계가 고장 난 것이다.

 게으름뱅이 신세를 들켰다. 웃기고도 민망했다. 어색했다. 이렇게 살아 본 적이 별로 없었다. 겨울잠은커녕 1년 사계절 부지런한 새처럼 일찍 깨어 먹이를 줍고 잠들 때까지 다람쥐처럼 쪼르르 달렸다. 영혼의 양식 모으며 바삐 움직였다. 약속 시간 어기면 큰일 나는 줄 알고, 주어진 일 성심껏 처리하고, 안 되면 되게 했다. 남한테 덕이 되지는 못할망정 짐은 되지 말자가 나의 생활신조였다. 그래서 사회생활이 비교적 수월했다. 그런데 내가 그렇기 때문에 그렇지 못한 사람들을 이해하기 힘들었다. 내가 촌각을 다투니까 상대방이 약속 늦으면 혼자 삐지고, 일 처리 흐리멍덩하면 화났다. '도대체 왜 저럴까⋯⋯.'

그간은 운 좋게도 나와 비슷한 유형의 인간들과 일하느라 몰랐는데, 작년부터 새로 들어온 기획자들이 실수가 잦다. 몇 번이나 헛걸음하고 난처한 상황에 처하니 열불이 났다. 취재 장소를 잘못 알려 줘서 택시 타고 달려가는 길이면, 다시 전화해서 일 좀 똑바로 하라고 버럭 소리라도 지르고 싶었다. 다른 동료 한 명도 약속 개념이 별로 없다. 정말 답답했다. 그런 식으로 주위 사람들이 하나둘 못마땅해지자, 어느 순간 내가 못마땅해졌다. 꼰대에 소인배 같았다. 실수조차 덮어 주지 못하는 옹졸한 사람. 무슨 나라를 구하는 일이라고. 나도 더러 늦어서 눈치 보고 비굴하게 구구한 변명 늘어놓으면서, 나를 용서하듯 기꺼이 용서하면 그만인 것을.

돌이킴의 끝에서, 삶의 속도를 생각했다. 나는 누구보다 자본의 속도에 길들여진 사람이었다. 마르크스의 《자본론》에 나오는 진짜 노동자. "로마의 노예는 쇠사슬로 얽매여 있지만 임금노동자는 보이지 않는 끈에 의해 그 소유자에게 얽매여 있다"고 말할 때의 그 노동자. 자본의 메커니즘에서 하나의 부속으로 쉼 없이 돌아가는 똘똘이표 나사였다. 일터에서도 가정에서도 사교의 장에서도 근면성실의 습관을 버리지 못했다. 내가 삐끗하면 삶의 시스템이 멈추니까 몫을 다한 것이었는데, 지나고 보니 고작 또 다른 시시한 하루를 재생산하기 위해서였다.

그럼에도 그것이 이삼십 대에는 치열함의 미덕으로 소용되었을지언정, 사십 대에는 좀 넉넉한 시간의 옷이 필요한 것 같다. 빈틈없이 날카로운 잣대는 늘어진 뱃살 드러나는 쫄티처럼 이제 내게 안 어울린다. 갑갑하고 각박하다. 남 보기에도 안 좋고 나도 불편하다. 야무지게 살려니 체력도 딸린다. 오래된 휴대폰처럼 일 하나 처리하면 어느새 배터리가 한 칸만 남는다. 아무래도 다른 삶의 방식으로 살아야 할 때인가 보다. 게으름을 지혜의 알리바이로 삼지는 말되, 게으름이 아닌 느긋함으로, 조급함이 아닌 경쾌함으로, 주변의 것들과 어우러지는 행복한 삶의 속도를 만들어 나가야겠다. 올라갈 때 못 본 그 꽃, 내려올 때 볼 수 있도록.

사랑이 올 때는 두 팔 벌려 안고

갈 때는 노래 하나 가슴속에 묻어놓을 것

추우면 몸을 최대한 웅크릴 것

남이 닦아논 길로만 다니되

수상한 곳엔 그림자도 비추지 말며

자신을 너무 오래 들여다보지 말 것

답이 나오지 않는 질문은 아예 하지도 말며

확실한 쓸모가 없는 건 배우지 말고

특히 시는 절대로 읽지도 쓰지도 말 것

지나간 일은 모두 잊어버리되

엎질러진 물도 잘 추스려 훔치고

네 자신을 용서하듯 다른 이를 기꺼이 용서할 것

내일은 또 다른 시시한 해가 떠오르리라 믿으며

잘 보낸 하루가 그저 그렇게 보낸 십년 세월을

보상할 수도 있다고, 정말로 그렇게 믿을 것

그러나 태양 아래 새로운 것은 없고

인생은 짧고 하루는 길더라

_최영미의 시 〈행복론〉

제 몸에서
스스로
⸺⸺⸺ 추수하는
사십 대

꽃단장 콘셉트에 맞추느라 그동안 신발장을 지키던 7센티미터 하이힐 신고 외출했다가 아주 고생을 했다. 집에 오자마자 벌겋게 달궈진 발을 따순 물로 씻고 로션을 발랐다. 왠지 뼈랑 힘줄이 툭 튀어나온 것 같아서 발을 정성스레 주물렀다. 구겨진 발톱을 폈다. 불과 작년까지 멀쩡히 신어 놓고선 저 신발 당장 버릴 거라고 투덜거렸다. 그 꼴을 아들이 보더니 "그러게 하이힐은 왜 신었어요" 한다. 그 뉘앙스가 마치 〈전원일기〉의 김회장이 팔순 노모 나무라는 말투였다. 만으로 열넷인 아들이 아직은 만으로 삼십 대인 엄마에게 할 소리는 아니라고 생각하는 순간 결정타를 날린다. "엄마는 결혼도 했으면서 누구한테 잘 보이려고요." 순간 내 표정에서 불길한 기운을 감지한 아들은 아차 싶었는지 하이힐은 아가씨들이 신는 거 아니냐면서 과학 선생님이 발 건강에 해롭다고 했다는 둥 횡설수설 둘러댄다. '그럼 내가 이 나이에 효도 신발 신으리?' 하려다가 말았다.

눈에 낀 잡티처럼 나이가 자꾸 거슬린다. 별일이다. 그동안은 딱히 나이를 의식하지 못하고 살았다. 누가 몇 살이냐고 물

으면 그제야 손꼽아 보고 대답했다. 그런데 신체가 신호를 보
낸다. 생리주기가 점점 빨라졌다. 30주기에서 28, 25, 23주기
까지 바짝 조여 온다. 주위에 그 얘길 하면 벌써 마흔이냐며 놀
란다. 선배들 왈, 마흔부터 생리불순이 시작된단다. 자궁도 늙
는다. 미장원에서는 뒷머리 속에 흰머리가 뭉쳐 있다고 알려
줬다. 한참 이야기에 필 받는데 영화 제목, 사람 이름 등 고유명
사가 목 끝에 걸려 수다 흐름을 막기 일쑤다. 머리끝부터 발끝
까지 신체 부위별로 돌아가며 오늘은 여기, 내일은 저기서 경
고등 깜빡인다. 그러니 아아, 어찌 잊으랴. 사랑 따윈 필요 없다
고 큰소리치는 이가 가장 사랑을 갈망하는 것처럼, 나이는 숫
자에 불과하다고 외치는 자의 뇌리엔 나이가 화인처럼 찍혀 있
음을 알았다. 신체가 괜히 신호를 보내는 것은 아니리라. 인생
후반전 접어들었다는 호루라기 소리일 거다.

　공자의 나이 도식에 따르자면 사십 줄은 안정권이다. 미혹
되지 않음. 그런데 불혹이란 말이 쓰인 것은 유혹이 그만큼 많
아서란다. 언론인 김선주도 그랬다. 주위의 남자들이 노선 수
정, 입장 변경을 가장 많이 하는 나이가 마흔이더라고. 뭐, 미
래는 불안하고 육신은 외로운 가부장 감수성 이해한다. 노화
론, 변절론이 다가 아니다. 사십 대 황금기론도 물론 있다. 나
의 스승은 제자의 사십 대 진입을 축하하며 지나 놓고 보니 삼
십 대는 어설펐고 사십 대가 제일 왕성했다며 향후 10년을 잘

보내라고 격려하셨다. 박완서도 마흔에 소설가로 데뷔했다. 알곡 같은 글을 생산했다. 인생 후반전 내내 풍작이었다. 상암 월드컵경기장 설계한 건축가 류춘수는 심지어 사십 대를 두 번 산다고 했다. "최소한 예순 살까지는 한눈팔지 말고 초지일관 가라. 인생에서 한 번쯤 방향 전환이 필요한 나이는 예순이다. 나도 4년 전, 환갑 되던 해 고민했다. 은퇴할까. 세계여행을 할까. 국사 공부를 할까. 그러다가 결심했다. 하던 일 하되, 나이를 깎자, 20년! 그러니 마흔다섯이 되었고 거짓말처럼 힘이 나더라."

누군가는 4호선으로 갈아타는 나이. 누군가는 우향우 하는 나이. 누군가는 바닥에 외로움을 뱉는 나이. 누군가는 KTX 속도로 달리는 나이. 누군가는 의자에서 하이힐 벗어 놓고 부은 다리 주무르는 나이. 누군가는 노란 선 바깥에서 기우뚱하는 나이. 누군가는 개찰구에서 서성대는 나이. 서울역처럼 다양한 삶이 오가는 사십 대 풍경.

사십대 문턱에 들어서면
바라볼 시간이 많지 않다는 것을 안다
기다릴 인연이 많지 않다는 것도 안다
아니, 와 있는 인연들을 조심스레 접어 두고
보속의 거울을 닦아야 한다

씨뿌리는 이십대도
가꾸는 삼십대도 아주 빠르게 흘러
거두는 사십대 이랑에 들어서면
가야 할 길이 멀지 않다는 것을 안다
선택할 끈이 길지 않다는 것도 안다
방황하던 시절이나
지루하던 고비도 눈물겹게 그러안고
인생의 지도를 마감해야 한다

쭉정이든 알곡이든
제 몸에서 스스로 추수하는 사십대,
사십대 들녘에 들어서면
땅 바닥에 침을 퉤, 뱉어도
그것이 외로움이라는 것을 안다
다시는 매달리지 않는 날이 와도

그것이 슬픔이라는 것을 안다

_고정희의 시 〈사십대〉

그가 누웠던
자리에 ⋯⋯⋯
누워 본다

독거 친구들이 불 꺼진 집에 혼자 들어가기 싫고, 집에 들어가도 외로움을 달래려 TV부터 켠다고 했을 때 나는 불 꺼진 집에 들어가는 게 제발 소원이라고 했다. 진짜다. 동굴처럼 컴컴한 어둠이 기다리는 곳, 체온으로 덥혀지지 않아 풀 먹인 이불 홑청처럼 약간 서늘한 공기로 세팅된 공간에 들어가서는, 오디오랑 스탠드 켜고 한 시간 정도 넋 놓고 앉아 있어도 아무도 말 시키는 사람 없고 아무 일도 일어나지 않는 그런 고즈넉한 일상을 살아보고 싶었다. 나는 자취, 유학, 긴 여행 등 단독 거주 기회가 전무했다. 서울내기에다 결혼 전에는 엄마아빠오빠가, 결혼 후에는 남편아들딸이 집에서 24시간 365일 번갈아 대기 상태였다. 군집 동물인 인간이 혼자 고립되는 것도 위험하겠지만, 늘 누군가와 동거해야 하는 것도 길어지면 미칠 노릇이다. 그렇게 40년 외길 인생. 그러나 미치지 않고 얼굴에 그늘이 없다는 말을 듣고 살긴 했는데, 그런 나의 인성에 하자가 있다는 사실을 최근에 알았다. 바로 외로움에 무지하다는 것.

　일찍이 나는 "외로우니까 사람이다"라는 시구로 유명한 정호승 시인의 〈수선화에게〉를 줄줄 외우며 외로움을 학습했다.

"난 니가 바라듯 완전하지 못해. 한낱 외로운 사람일 뿐야"라는 들국화의 〈제발〉을 따라 부르며 외로움을 새겼다. "여자에게 독신은 홀로 광야에서 우는 일이고 결혼은 홀로 한 평짜리 감옥에서 우는 일"이라는 신현림 시인의 시구에 크게 공감하며 외로움을 인식했다. 외로움 그거 삶의 조건이니까 발버둥치지 말고 안고 가라고 지인들에게 무시로 충고하며 외로움을 일반화했다. 무림 고수처럼 굴면서 외로움을 꽤나 여유롭게 다뤘다. 그런데 요즘 '외롭다'는 대사가 별스럽게 들린다.

가령 후배랑 대화하다가 "네 남자친구한테 문자 보냈는데 답이 없다"라고 했더니, 자기도 그 애한테 다정한 문자 한 번 받아 본 적이 없단다. 근데 왜 만나느냐고 물으니 "그냥 외로우니까 만나죠" 한다. 또 헤어진 남자친구와 다시 만나는 친구에게 왜냐고 물으니 "아침마다 출근 시켜 주고, 주말에 특별히 할 일도 없고, 그냥 외로워서 만나" 그런다. 동거남이랑 헤어진 후배는 평소 그 강인함은 어디 가고 "외로워 죽겠다"라며 날개 다친 새마냥 엎드려 지낸다. 영화 〈은교〉에서 은교는 말한다. "여고생이 왜 남자랑 자는 줄 아세요? 외로워서요."

자몽처럼 쓰고 시큼한 분홍 즙이 나올 것 같은 말. 저 외로움의 실체가 뭘까. 내가 그동안 알았던 외로움은 외로움이 아니었을지도 모르겠다는 생각이 들었다. 몇 년 전 성탄절 이브 날. 식구들 다 잠들고 나만 홀로 덩그마니 남았는데 마음이 울렁거

리고 답답했다. 시계를 보니 새벽 2시. 집 앞 포장마차에서 순
대볶음 육천 원어치랑 소주를 사다가 마시는 초유의 궁상 사태
를 연출했다. 그냥 뭔지 모르게 사무쳤다. 이 고요한 밤 거룩한
밤에 나는 왜 혼자인가. 아니, 나는 왜 혼자일 수 없는가. 한 평
짜리 감옥을 한숨으로 채웠다. 그게 외로움이었을까. 그렇다면
나는 외로울 때조차 감정에 몰입하기보다 소낙비 피하듯 도망
쳤고 분석했다. 한국사회에서는 결혼 제도가 친밀성의 장을 독
점하기 때문에 외로운 거다, 이게 다 결혼 때문이라는 구조적
인 비판으로 정리했다.

　사랑과 외로움을 가르마처럼 분리해서 사고했다. 외로워서
남자를 만나느니 그건 사랑에 대한 모독이며, 홀로 선 둘이서
같은 곳을 바라보는 게 참다운 사랑이고 외로운 사람끼리 질척
거리는 정서 예속 상태는 비루한 사랑인 거다. 연애근본주의자
인 나에게 사랑은 인간 외적 영역에서 구현되는 이념에 가까웠
는지도 모른다. 헌데 저 날것 그대로의 외로움 발언대를 생중
계로 듣고 나니, 꽉 짜였던 사고의 틀이 흔들린다. 다른 이유 아
무 것도 아니고 외로워서 한 사람을 만나고, 외로워서 둘이 살
아가는 인생이 무에 그리 문제일까 싶다. 그게 아니라면 또 무
에 그리 대단한 이유가 있을까 싶다. 그러니까 비듬같이 정결
치 못한 감정쯤으로 여기고 행여나 달라붙을세라 몸에서 털어
내기 바빴던 외로움을 응시하는 단계를 지나면서, 고독의 향유

자는커녕 외로운 단독자조차 제대로 되어 보지 못한 나의 누추함을 본다. 가부장제 질서에서 고독을 확보할 용기도 능력도 부족한 나로서는 심보선 시인의 시구대로 "나는 가만히 있고 집이 멀어져서"라도 외로움을 당해 보고 싶기도 하다.

"늙은 의사가 젊은이의 병을 모르"듯이 외로움을 몰랐던 시절을 반성하는 요즘. 호기심이 넘쳐 사람들한테 실없게 물어보고 다닌다. 어떤가요. 그대 외로운가요? 비혼 선배한테 물어봤더니 흐리게 웃는다. "그런 거 몰랐는데 작년부터 몸이 여기저기 안 좋아지니까 외롭더라. 간사하게." 예전 같으면 배우자가 간병인이냐며 실용주의를 비난했을지도 모를 일이다. 이제는 가만히 고개 끄덕인다. 외로움이 자기보존에 기여하는 중차대한 감정이구나 생각한다. 인간을 사색하게 한다는 점에서 야만에서 구제하는 요소고, 관심을 타자에게로 향하게 한다는 점에서 겸손하게 만드는 동력으로서의 외로움. 물론 그 외로움이 지나치고 사무치면 자기파괴에 이르기도 한다는 사실을 잊지 않는다. 찾아오는 나비 한 마리, 바람 한 점 없어서 외롭게 죽어 간 이들을 슬퍼하면서, 변변히 외롭지 못했음을 정신의 자유로운 결단이었다고 믿었던 날들을 부끄러워하면서, 돌아누운 이적요의 비린 눈물을 떠올리면서, 그가 누웠던 자리에 가만히 누워 본다.

살구나무 그늘로 얼굴을 가리고, 병원 뒤뜰에 누워, 젊은
여자가 흰옷 아래로 하얀 다리를 드러내 놓고 일광욕을
한다. 한나절이 기울도록 가슴을 앓는다는 이 여자를 찾
아오는 이, 나비 한 마리도 없다. 슬프지도 않은 살구나무
가지에는 바람조차 없다.

나도 모를 아픔을 오래 참다 처음으로 이곳에 찾아왔다.
그러나 나의 늙은 의사는 젊은이의 병을 모른다. 나한테
는 병이 없다고 한다. 이 지나친 시련, 이 지나친 피로, 나
는 성내서는 안 된다.

여자는 자리에서 일어나 옷깃을 여미고 화단에서 금잔화
한 포기를 따 가슴에 꽂고 병실 안으로 사라진다. 나는 그
여자의 건강이 - 아니 내 건강도 속히 회복되기를 바라며
그가 누웠던 자리에 누워 본다.

_ 윤동주의 시 〈병원〉

나는 나를
·········· 맡기고
산다

오래될수록 좋다고 생각했다. 사람과 사람이 만나는 일. 응당 그래야 한다 여겼다. 골동품 같은 우정, 오래 가는 사랑, 한결같은 마음. 세월은 무엇과도 대체할 수 없는 귀한 선물이다. 맞다. 친구의 경우 한번 마음의 물길 트면 어떤 계기가 없는 한 일부러 단교할 일도 없다. 그런데도 세계 표준시간 경과에 따라 차곡차곡 쌓여 가는 '이후로since'에 지나치게 권위를 부여했다는 생각이 든다. 심지어 철없을 땐 만남의 횟수마저도 중요했다. 다다익선. 1년에 한 번도 안 만나면 우정이 식었다 여겼다. 때로 마음이 심드렁해도, 그러니까 낡은 싱크대 문짝처럼 마음이 덜렁거려도 멀쩡한 듯 닫아 놓고, 가급적 열어 보지 않으며 계절을 넘기기도 했다. 서른 넘기고 인생사 복잡계 수준으로 얽혀 수년간 못 만나도 10년 지기, 20년 지기 인연의 마일리지는 스스로 강물처럼 불어났다. '오래된 만남=고귀한 인연'으로 의미를 부여했다. 그런데 묻게 된다. 오래된 관계가 꼭 좋은 건가? 나는 왜 오랜 만남에 가치를 두었을까.

　태어나면서부터 내가 선택하지 않은 사람들과 대부분을 보낸다. 엄마, 아빠, 형제자매, 학교의 선생님, 친구들, 직장 동료.

내가 골라서 관계망을 형성할 수 없다. 이게 얼마나 폭력적인 상황인지 모른다. 미우나 고우나 얼굴 보고 살아야 한다는 것. 생의 번뇌의 팔 할은 여기서 비롯된다. 그런데 친구는 내 맘대로 선택할 수 있는 고마운 대상이다. 상대적으로 책임이 적고 향락이 크다. 고달픈 세상살이에서 관계의 감정 노동을 최소화할 수 있는 영역이 '친구'다. 사랑은 때로 무간지옥의 고통을 수반하므로 빼기로 한다. 암튼 오래된 친구일수록 더 여유작작하다. 결국 익숙함. 그런데 편안한 게 꼭 좋은 것 같지는 않다. 길들여지니까. 둔감해지니까. 니체도 말했다. 친구는 '야전침대'가 되어 줘야 한다고. 오리털 이불 같은 친구라면 마냥 잠들어 버릴지도 모를 일이니 딱딱한 침상에서 잠시 피로만 풀고 다시 떠나도록 절제된 우정을 권유했던 셈이다.

요즘 잇달아 '일시정지'였던 인연들과 상봉했다. 그중에 내가 선생님이라 부르던 그. 미국에 유학 가면서 연락이 끊겼다. 귀국 소식을 들었는데 훗날 극적인 상봉을 위해 굳이 연락하지 않다가 용건이 생겨서 전화했다. "선생님. 저 누군지 알겠어요?" "당연히 알죠!" 퍼즐 조각을 맞춰 보니 3년 만의 재회인데 난 10년쯤 된 것 같았다. 전화는 사랑을 싣고. 상봉의 감동을 나누었다. 아직도 그 동네 사느냐, 아들은 많이 컸겠다, 우리 그때 그랬지 않느냐 등등. 10년 전 처음 만나 집이 가까워서 가끔 만나 영화도 보고, 어느 눈 내리는 겨울엔 술 마시고 2차로 우르르 몰려 그의 집에도 놀러 가고 그랬었다. 기억의 통로를 통해 들어간 과거. 거기서 좋다고 놀고 있는 이십 대 처자가 보이지 뭔가. 어설프기 한량없던 나. 괜히 눈물이 나려 해서 혼났다. 그동안 어떻게 지냈고 지금은 누구와 일하고 무엇에 기쁨을 느끼고 산다고 말하는데, 내 입으로 나를 설명하려니 어색했다. 내 삶이 내 살 같지가 않았다. 그러면서도 막 살지는 않았다는 안도감과 더 잘 살아 둘 걸 하는 아쉬움이 교차했다.

나에 대해 느끼는 낯섦. 그 긴장이 짜릿했다. 친구라고 붙어 있는 게 능사는 아니구나 싶다. 같이 뭉개는 시간의 양, 묵은 정도 의미 있지만 그보다는 상호촉발을 일으키는 강도가 인연을 키우는 힘 같다. 관계의 지속이거나 우정의 안식년이거나 인연의 소멸이거나. 그렇게 멈추고 바뀌는 것들 속에 나를 맡기고 산다. 인연의 지형도가 인생의 내신 성적표다.

오래된 내 바지는 내 엉덩이를 잘 알고 있다
오래된 내 칫솔은 내 입안을 잘 알고 있다
오래된 내 구두는 내 발가락을 잘 알고 있다
오래된 내 빗은 내 머리카락을 잘 알고 있다
오래된 귀갓길은 내 발자국 소리를 잘 알고 있다
오래된 아내는 내 숨소리를 잘 알고 있다
그렇게 오래된 것들 속에 나는 나를 맡기고 산다
바지도 칫솔도 구두도 빗도 익숙해지다 바꾼다
발자국 소리도 숨소리도 익숙해지다 멈춘다
그렇게 바꾸고 멈추는 것들 속에 나는 나를 맡기고 산다.
_고운기의 시 〈익숙해진다는 것〉

아름다운
언어에
익사당하고
싶다

글을 쓰기 싫을 때는 더 책에 매달린다. 글쓰기의 고통을 회피하는 가장 손쉽고 효과적인 방법은 '읽기의 쾌락'에 빠져들기다. 얼마나 좋은지 모른다. 책을 읽고 있으면 머릿속 여기저기 전구가 들어오고 이걸 예전부터 알았더라면 더 잘 살았을 것 같다가 지금이라도 알아서 참 다행이다 안도하며 앞으로 글 쓸 때는 조금 더 수려한 언어로 수월하게 쓰고 싶다는 묘한 흥분마저 느끼다가, 정점을 찍으면 그냥 이대로 아름다운 언어에 익사당하고 싶어진다. 영락없다. '쓰기'를 저지르지 않는 동안 '읽기'에 당한다. 읽기의 나른한 시간. 그 오롯함은 정말이지 뿌리치기 힘든 유혹이다. 안수 받고 암이 나은 사람처럼 나도 광화문 네거리 나가서 떠들고 싶다. "책 읽고 삶이 나았어요. 책을 믿고 구원받으세요."

　엄밀히 말하면 책에 대단한 구원의 메시지가 있어 그걸 익히고 행해서 삶이 나았다기보다, 책 읽느라 이 세계의 부스럭거림을 등질 수 있어서 그냥 나 살고 싶은 대로 살아갈 수 있었다고 해야 옳겠다. 자본주의 회오리에 당하기 전에 책을 저질러버리는 것이랄까. 이를테면 책 붙들고 있으면 전세 걱정, 노후 걱정, 아이들 성적 걱정 등 답도 없고 끝도 없는 우울에서 해방된다. 그 점이 진실로 복되다. 책만 읽는 바보 이덕무도 책을 읽으며 배고픔을 잊고, 추위를 잊고 병을 잊었다고 하더라만. 난 배고픔은 안 잊어진다. 책 읽다 보면 커피가 그립고 커피 마시면 빵이 그립고 빵을 먹으면서 다시 책을 뒤적거린다. 이렇게 살다간 배고픈 거지가 되겠지만 그래도 한 일주일 정도쯤 그렇게 살면 좋겠다. 알람처럼 하루 세 번 어김없이 '배고프다'며 밥 달라는 아이들로부터 해방된 일상. 책과 커피머신과 오디오만 있는 고요한 나만의 공간에 갇히고프다. 아침이 밝으면 머리 맑을 때 니체를 읽고, 오후에는 책에서 발견한 좋은 문장을 예쁜 공책에다 베끼고, 어스름 저녁이 되면 글을 쓰고, 적막한 새벽에는 아름다운 시를 골라 그에게 전화를 넣어 낭랑하게 읽어 주고 싶다.

아무 의미 없는 숫자를 말할 수 있다는 것

고통에 사족을 달아 줄 수 있다는 것

자기 전에 오줌을 누고 침을 뱉을 수 있다는 것

거품이 인다는 것 쓰레기를 버리지 않는다는 것

냄새나는 친구들과 집을 같이 쓴다는 것

밟히는 대로 걷고 숨쉬는 대로 말하고 이제는 참을성을

기르는 것

그럴 수 있다는 것 오줌을 참듯이

똥 마려운 계집애의 표정을 이해한다는 것

빨개진다는 것 벌게진다는 것 이것의 차이를

저울에 달아 본다는 것 눈금을 타고 논다는 사실

시소게임 하듯 사랑이 먼저냐 사람이 먼저냐

단어 하나에도 민감한 사상을 다 용서할 것

그럴 수 있다는 것 모처럼 좋아지려는데

여기서 시작하고 저기서 끝난다는 것

아니면 다른 집에서

누구 눈에도 띄지 않는 복장을 상상한다는 것

그건 발견, 그건 발명, 그건 우스갯소리

말을 바꿔 가며 증명할 수 있다는 것

경험을 말할 수 없지만 웃음은 이미 터졌다는 사실

그때의 나를 볼 수 있다는 것

8시에 시작하고 9시에 끝난다는 것

아니면 다른 집에서

_김언의 시 〈문학의 열네 가지 즐거움〉

결을
맞추는
시간

왠지 요즘 나의 속도가 못마땅하다. 책 읽는 속도, 밥 먹는 속도, 실망하는 속도, 커피 마시는 속도, 문자 메시지에 답하는 속도, 글을 쓰는 속도, 눈물 나는 속도, 책을 사는 속도, 신경질 내는 속도, 그리움에 물드는 속도. 죄다 너무 빠르거나 너무 느리다. 언젠가 속도에 대한 미약한 자각 이후 한 조각 구름 떠가듯 살려 했는데, 그랬더니 게을러진다. 중간이 없는 인간인가 나는.

　부끄럽지만 나는 내가 열심히 산다고 생각했다. 그런데 생에 허천난 사람이었던 거 같다. 그러지 않으면 살아지지 않는 줄 알았다. 사는 게 서툴렀다. 내 마음 얼마나 얼뜨고 거칠었나. 들볶았고 들볶였다. 물에 녹지 않은 미숫가루처럼 둥둥 떠다니는 감정의 건더기가 사레처럼 목에 걸린다. 삶의 속도 개선. 결에 따라 섬세하게 살피고 헤아려서 어떤 일은 느린 가락으로 어떤 건 빠른 템포로 살아야 한다. 이상은에게 '삶은 여행'. 나에게 삶은 숙제. 사랑하는 것들과 결을 맞추는 연습. 그리고 얻어 온 것들의 본래 자리를 기억하는 노력. 궁극에는 돌려보내야 할 것들과 이별하는 훈련. 비에다 대고 손가락 걸어 보는 밤.

허겁지겁 허천난 듯해서 사랑을 만나게 되는 것은 아니다. 결을 맞추는 시간이 필요하다. 게다가 가서 '얻어오는' 마음이 필요하다. 다른 마음을 '얻어오는' 것이 필요하다. 멀어지는 사랑의 뒷등을 볼 때서야 나는 그와 사귀는 동안 이것이 모자랐음을 알게 된다. 사랑을 잃은 오늘 내 마음을 보아도 다시 얼뜨고 여전히 거칠다. 머잖아 또 망실(亡失)이 있을 것이다.

새와 아내와 한 척의 배와 내 눈앞의 꽃과 낙엽과 작은 길과 앓는 사람과 상여와 사랑과 맑은 샘과 비릿한 저녁과 나무 의자와 아이와 계절과 목탁과 낮은 집은 내가 바깥서 가까스로 '얻어온' 것들이다. 빌려온 것이다. 해서 돌려주어야 할 것들이다. 홀로 있는 시간에 이 결말을 생각하느니 슬픈 일이다. 낮과 밤과 새벽에 쓴 시(詩)도 그대들에게서 '얻어온' 것이다. 본래 있던 곳을 잘 기억하고 있다. 궁극에는 돌려보내야 할 것이므로.

_ 문태준의 시집《가재미》뒤표지 글

서문만 읽어도 이 책을 왜 여성들이 필독해야만 하는지 결론에 도달한다.
시에 대한 오독이어도 좋다. 시를 읽고 그 시에 힘입어 자신의 남루한 삶으로부터
유유히 탈주할 수 있는 것. 이런 삶이 어찌 남루하다고만 할 수 있을까 하는 생각이
너무 쉽게, 그러나 깊게 들어온다. 전문직이든 전업주부든 우리 여성들이
꼭 읽었으면 한다.

_ **윤석남**(미술가, 한국 여성주의 미술 1세대 대표작가)

흔히 시를 읽는 사십 대 여성이라면 고상한 감수성의 중산층 여성을 떠올릴
것이다. 은유 씨는 그런 상상과 거리가 멀다. '대학물'도 먹지 않은 채 '글밥'을 먹게
된 문필하청업자고, 일찍 결혼하여 가사와 육아는 물론 생활비와 전세금을 벌어야
했던 노동계급 여성이다. 그에게 시를 읽는 일은 한갓진 정서의 사치가 아니다.
치열한 언어로밖에 소통되지 못하는 곡진한 삶을 알알이 보듬는 살가운 행위다.
그가 시를 읽고 쓴 글들은 설거지통 위에서 느끼는 일상의 비루함을 바닥까지
가라앉혀 겨우 얻어 낸 몇 방울의 각성들이다. 그 수액을 더디게 모아 한 모금의
더치커피가 만들어졌다. 입안 가득 머금고 단내 나는 입을 가시어 보자.
찬 커피도 마실 만해…….

_ **황진미**(영화평론가)

시를 낳지도 짓지도 않았다. 다만 '배 위로 트럭 세 대'가 지나간 것 같았다는
고통으로 낳은 두 아이, 사는 게 고달파서 엉엉 울고 싶었을 때에도 새벽같이
일어나 지어야 했던 하얀 밥들처럼, 그녀는 시를 껴안고 산 사람이다.
그 많은 시들은 대체 어디에 두었냐고 묻고 싶었다. 그러다 문득 알게 되었다.
밤새 눈이 내린 듯, 그녀의 모든 것들에 시가 덮여 있음을. 아침에 무뚝뚝하게
나가는 아들 녀석도, 늙은 아버지에게 건넨 반찬통들도, 시어머니에게 받은
이불들도 그 눈을 맞을 것이다. 그녀가 시집을 펼쳐 들 때면 추억 속 연인들도,
치열했던 이삼십 대의 상처들도 그 눈을 맞을 것이다. 그녀에게서 위로든 커피든
뭔가를 건네받은 사람들은 알 것이다. 그것들이 막 녹아내린 시에 젖었음을.

_ **고병권**(철학자, 수유너머R 연구원,《생각한다는 것》저자)

출처 목록

강형철, 〈사랑을 위한 각서8 - 파김치〉, 시집 《아트막한 사랑》, 푸른숲, 1993

고운기, 〈익숙해진다는 것〉, 시집 《나는 이 거리의 문법을 모른다》, 창작과비평사, 2001

고정희, 〈사십대〉, 시집 《모든 사라지는 것들은 뒤에 여백을 남긴다》, 창작과비평사, 1992

권혁웅, 〈내게는 느티나무가 있다 2〉, 시집 《마징가 계보학》, 창작과비평사, 2005

기형도, 〈기억할 만한 지나침〉, 시집 《입 속의 검은 잎》, 문학과지성사, 2000

김광규, 〈조개의 깊이〉, 시집 《희미한 옛사랑의 그림자》, 민음사, 1998

김경주, 〈주저흔〉, 시집 《기담》, 문학과지성사, 2008

김기택, 〈태아의 잠 1〉, 시집 《태아의 잠》, 문학과지성사, 1999

김민정, 〈나는야 폴짝〉, 시집 《날으는 고슴도치 아가씨》, 열림원, 2005

김사인, 〈바짝 붙어서다〉, 시집 《어린 당나귀 곁에서》, 창작과비평사, 2015

김선우, 〈뼈에 울다〉, 시집 《내 몸속에 잠든 이 누구신가》, 문학과지성사, 2007

김수영, 〈그 방을 생각하며〉, 시집 《거대한 뿌리》, 민음사, 1995

김 언, 〈문학의 열네 가지 즐거움〉, 시집 《소설을 쓰자》, 민음사, 2009

김이듬, 〈겨울 휴관〉, 시집 《말할 수 없는 애인》, 문학과지성사, 2011

김정란, 〈눈물의 방〉, 시집 《용연향》, 나남, 2001

김종삼, 〈북치는 소년〉, 시집 《북치는 소년》, 민음사, 1998

김중식, 〈木瓜(모과)〉, 시집 《황금빛 모서리》, 문학과지성사, 1999

김행숙, 〈다정함의 세계〉, 시집 《이별의 능력》, 문학과지성사, 2007

김혜순, 〈첫〉, 시집 《당신의 첫》, 문학과지성사, 2008

나희덕, 〈물소리를 듣다〉, 시집 《야생사과》, 창작과비평사, 2009

두 보, 한시 〈곡강이수〉

루 쉰, 〈아이들에게〉, 노신 산문집 《아침꽃을 저녁에 줍다》, 이욱연 편역, 도서출판
窓, 1991

메리 올리버, 〈기러기〉, 김연수 장편소설 《네가 누구든 얼마나 외롭든》, 문학동네,
2007

문태준, 시집 《가재미》 뒤표지 글, 문학과지성사, 2006

박정대, 〈사랑과 열병의 화학적 근원〉, 시집 《사랑과 열병의 화학적 근원》,
뿔(웅진문학에디션), 2007

백 석, 〈바다〉, 시집 《정본 백석 시집》, 고형진 편, 문학동네, 2007

보들레르, 〈시체〉, 시집 《악의 꽃》, 윤영애 옮김, 문학과지성사, 2003

빈센트 밀레이, 〈슬픔의 친척〉, 시집 《죽음의 엘리지》, 최승자 옮김, 인다, 2017

신해욱, 〈끝나지 않는 것에 대한 생각〉, 시집 《생물성》, 문학과지성사, 2009

심보선, 〈슬픔이 없는 십오 초〉, 시집 《슬픔이 없는 십오 초》, 문학과지성사, 2008

에이드리엔 리치, 〈아이들 대신 책을 태우다〉, 미국 대표 시선집 《가지 않은 길》,
손혜숙 옮김, 미디어창비, 2014

유 하, 〈달의 몰락〉, 시집 《세운상가 키드의 사랑》, 문학과지성사, 1999

윤동주, 〈병원〉, 시집 《하늘과 바람과 별과 시》, 하서, 2006

이선영, 〈사랑하는 두 사람〉, 시집 《평범에 바치다》, 문학과지성사, 1999

이성복, 〈오래 고통받는 사람은〉, 시집 《남해 금산》, 문학과지성사, 1986

이영희, 소설 《달아 높이곰 돋아사》 1권, 두산동아, 1997

이오덕, 〈앵두〉, 시집 《고든박골 가는 길》, 실천문학사, 2005

이장욱, 〈오해〉, 시집 《정오의 희망곡》, 문학과지성사, 2006

이재무, 〈걸레질〉, 시집 《온다던 사람 오지 않고》, 문학과지성사, 1990

장석남, 〈그리운 시냇가〉, 시집 《새떼들에게로의 망명》, 문학과지성사, 1991

장석남, 〈옛 노트에서〉, 시집《지금은 간신히 아무도 그립지 않을 무렵》,
    문학과지성사, 2001

정일근, 〈그 후〉, 시집《기다린다는 것에 대하여》, 문학과지성사, 2009

채호기, 〈사랑은〉, 시집《수련》, 문학과지성사, 2002

최금진, 〈아파트가 운다〉, 시집《새들의 역사》, 창작과비평사, 2007

최승자, 〈이제 가야만 한다〉, 시집《기억의 집》, 문학과지성사, 1989

최영미, 〈행복론〉, 시집《꿈의 페달을 밟고》, 창작과비평사, 1998

파스칼 키냐르, 소설《빌라 아말리아》, 송의경 옮김, 문학과지성사, 2012

함민복, 〈긍정적인 밥〉, 시집《모든 경계에는 꽃이 핀다》, 창작과비평사, 1999

함성호, 〈낙화유수〉, 시집《너무 아름다운 병》, 문학과지성사, 2001

허수경, 〈시〉, 시집《혼자 가는 먼 집》, 문학과지성사, 2000

허 연, 〈나쁜 소년이 서 있다〉, 시집《나쁜 소년이 서 있다》, 민음사, 2008

황지우, 〈거룩한 식사〉, 시집《어느 날 나는 흐린 酒店(주점)에 앉아 있을 거다》,
    문학과지성사, 1999